某某人的夢

林俊頴——著

好比唐吉訶德所說的，你是在去年的鳥巢中尋找今年的鳥。

——薩爾曼・魯西迪《摩爾人的最後嘆息》

去年的舊巢，哪還有小鳥*？

——《堂吉訶德》

*楊絳譯。

目錄

《人的夢》之一

——補夢人

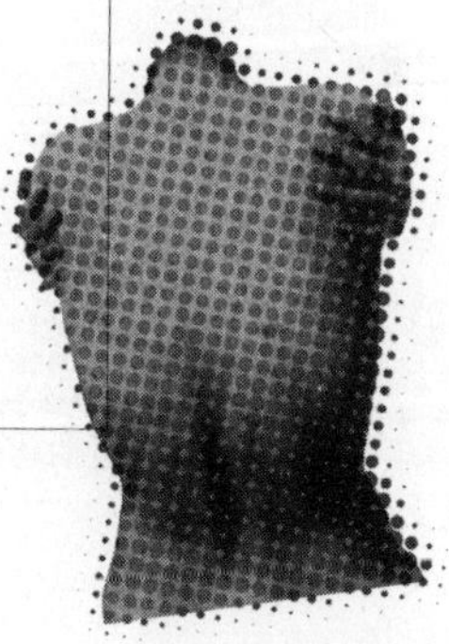

整個下午，他與他等待雷響。

等雷響將兩人貫穿，胸腔打開如同大海。間歇的只有珊瑚枝狀的閃電，鞭亮了潛伏著暗礁的海岸，一瞬間的銀色大海。

大雨下在遠方的海域，因為嗅到了海風送來的雨點混著淡水的清新氣息。

銀白電光照亮了同梯好友曝曬、海浴了長長一整個夏天之後如同海豚的身軀，緊繃，光滑，跳進滾來的海浪裡時，那弓背繃出的脊骨好像一條鑄鐵，隨即又被吐在沙灘上。同梯如此與大海搏鬥甚久而吁氣，下腹部的性器冷縮一如果核。

他希望握住自己劇烈跳動的心臟，像一隻驚慌而輕狂拍翅的巢鳥。

以為意志控制了它，感覺它遂像是遭焚風收乾的堅硬花苞。

海浪的白沫裡，同梯不動了。多純潔的葬禮啊，他在心裡嘆息。

海上的烏雲就像那些夜晚，同梯睡在他身旁，隨著呼吸而發熱的身軀是白天奔馳過了一個沙漠的一具引擎。

伸手過去，紗窗外墨黑的芒果樹群的葉叢裡有花緩緩開著，累累沉重開著，若有似無的花香穿過腦殼。

海邊其實非常腐臭，堆積著多年無人撿拾的漂流木爛穿了成為洞窟，勾纏著多種塑膠物，死去的招潮蟹仍在等著返回大海。

前一年的秋颱之後曾經沖上大片遭海浪洗淨的豬屍，豬身發酵膨脹，海灘遂成了妓院的午後通鋪，張開的豬嘴似乎集體做著美夢笑開了。

他們的單位銜命坐卡車、戴防毒面具來清理。強風掃淨了的海天一如太古時，紫外線沸騰，大家彎腰嘔吐光了肚裡的早餐，淚眼中看著矮儸老排附上刺刀挺進，俐落戳刺著死豬群，一挑，收刀，再挺刺，老屁股跟著律動。同梯跟進，汗水披掛下兩顆大眼，踢翻一頭豬屍讓牠腹部

朝天，膠鞋底蹂躪牠一排乳頭，「做兵三年，母豬賽貂蟬，貂蟬你娘咧。」

海上的天空指甲刮傷般有一弧月影。

他往蔓延著馬鞍藤且紫花盛開的海灘上方跑去。

防毒面罩裡熱氣瀰漫令人窒息，失去知覺之前，他看見同梯一腳踢破豬腹，踩進去，嚇得朝後一顛，不遠處海平線上晃盪著一艘膠筏漁船。眾兵散開，各自擇定一隻豬屍，那臂肌不成比例墳起的瘦小伙夫大叫，割下了一顆豬頭，高高舉起頂在頭上如起乩。

整片泛著清藍光的灘岸，眾兵頭罩黑膠面具如同外星人，濾嘴就像豬鼻，比賽割那些憨笑的豬頭，試圖當球拋，他們沒料到豬頭的重量，甸甸地一滾，靜止了如同佛頭側臥沉睡。那個愛炫耀他偉大男性的老兵掏出來轉圈灑了一大泡尿。另一老兵刺刀指著那個性器根部有刺青的譙，好膽你幹一隻予我看。刺清的應，欲幹就做夥來，一雙對對啦。

海風止息，軟弱地撲上岸的浪沫雪白，無頭豬的下肢交疊，彷彿有著少女矜持的嫵媚。他又看見同梯與一兵抬起豬身，一撕，啪的豬身裂

開，一團臟器掉下。他以為最後看見了一個豬頭人身在沙灘上搖晃走著，伙夫兵摘下面罩，三角眼兇光怒放，猱身一躍，一刺刀戳進豬頭的兩眼之間。

他始終不知道是誰在他背部等同心臟處重重一椎，他悶哼一聲，倒栽蔥滾下灘岸，滾進一個噩夢，那剖開的滿滿是美麗白蛆的豬肚等著他滾進去。

終於，雷響了，悶悶的，像極了一個未成形的噴嚏。

同梯閉目仰躺波浪上彷彿一條銀色魚屍。

在青壯生命最初最好的時光，據說這世界的戰事已經凍結，但他們遇見，因為一道命令徵召他們一起去遠方。

連下了幾天雨，陰潤的大清早，古老慘澹的車站，夜蚊孳生，鐵道後水泥柵欄下遍開著骯髒的變葉木，犁過的水田結了一層厚韌的膜，吸收著所有的光成為一塊幻鏡，讓天地顛倒，最早醒的一批鳥游移其上。弟弟騎機車載他來，霜風撲了兩人罩了一層冰殼，卸下他時，弟弟皴乾的手從口袋摸出一個紅膠袋平安符塞到他手心，講，媽叫你得掛著。

漸漸車站內集結了報到的人，嘴唇為粥氣與漿液糊住，只發得出似乎昆蟲翅膀摩擦與搓手搓腳的聲音。冷空氣裡都是少年男體剛烈的味道。他看見日後是同梯那黑得釉亮的方臉，兩頰的肌肉倔強。之後緩慢且搖晃的列車上，同梯沉睡得頭倚放他肩上，平穩的呼吸，車窗外向後移動著狹窄的平原、單薄的綠樹，醜怪的廟寺，鐵皮屋頂上陰翳的日光，他心裡啄殼而出一隻新生的獸，在胸腔囓咬，翻滾，頂撞，讓他痙攣，嘴巴發苦，因而扭曲了窗外流逝的景物。

列車經過小站不停，他聽見尖銳的哨音，長椅上坐著失神的候車者，一瞬間，在另一列靜止的列車濺著銀光的窗玻璃上看見驚惶、瑟縮的自己如同鬼影。肩上同梯的頭好沉重，雖則心裡有著沉甸甸的喜悅。但此後他惑於那樣的故事畫面，遭囚置古井底的鬼物在第一道日光射入時灰飛煙滅。

然而所有的想望與慾念確實唯有在暗夜才能夠如鬼魅叢生，他並不以為恥辱，甚至有所期待，如同草間螢火蟲的冷光。

營區寬闊的草地吸收了一整個暑天的炎陽之氣，他們受令仰躺其上，

圍牆外紅色脊土種著低矮作物有某種窸窣，一軍官，深刻如刀疤的法令紋教他們重複直腿挺腰，突發一句驚人之語，有本領給我將天空脅出洞來；巡到同梯旁，突然一手抓住他的胯下一提，同梯悶哼一聲。軍官暴喝，起，挺住。某個週末，突然宣布放假，匆促的午餐之後，同梯張大嘴要他幫忙夾出喉嚨的一根魚刺，含淚譙，臭膣屄。

寒涼了，晝短夜長，燈光初萌的時刻，整片營區只有黑影，人聲嗡嗡如蠅群，單槓掛著兩條人身，雙腿剪刀鉸著對方的腰，鉸成功的劇烈搖動全身，猿猴腿剪揚起鉗住對方脖子，眾喊，幹下來。敗者下頦跌擊沙堆，一口血沫。

只一盞黃燈泡的粗糙浴室，池底池壁長著青苔的蓄水池，每兩週洗衣兵穿著高筒膠鞋猴蹲水泥池邊，持一支竹竿攪著浸泡的衣褲好像福馬林泡屍池。背後看到老排附兩腿岔開下垂的一累性器晃盪，都驚駭詫笑，他看得清晰的是同梯鼓實臀部有一塊烏青胎記。畫虎卵臭蓋，當年觸犯天條，被太上老君踹下南天門。

那彷彿永遠不會天亮的行軍，因為沒有具體的敵人，因為每人都知那

是無謂的兒戲而漸行漸渙散，如同民間故事鴨母王以竹篙驅使的鴨群。遠方矮矮的山脈稜線，山背後的曉雲如螺髻，田地飄著濃重的雞屎味，他相信唯有他一人是喜歡走路的，在這片已無空白、祕境的土地上，只是為了可以親近與緩慢。走在他後面的同梯則敵不過凌晨的睡意屢屢踩上他鞋跟，一踉蹌，額頭撞擊槍管上的準星，一點血跡在稍後初升有著溫暖香氣的太陽照耀下，讓同梯的頭臉像個神偶。

營區大門前的灰白公路，日正當中，毫無遮蔽的路邊杵立著一個光礫頭顱如苦瓜的出家人，不知從何而來的風吹得他一襲海青蓬飄，好像一朵烈焰，也不知他究竟全心全意在等待一個什麼。

但同理心告訴他，老和尚內心持有某種不可說的信念，枯木待春。

午夜，電話響，弟弟飼養的白鳥並不驚醒來啼叫而是感應般的拍翅，鮮紅的鳥喙神經質的空中點啄著。

屋後露台看下去，一長街夜市夜夜有如一長條燒透的紅炭，蔓延到窗

下是一座香火燻得焦黑的福德宮廟，傍廟牆一家牛肉湯攤子，湯頭鮮美，有一日來訪推銷的年輕業務員說，當然好食，就是摻了我公司的化學香料。母親捶著大腿，罪咎看著父親，紅著臉喃言：「夭壽喔。」常常母親拿著一隻白瓷碗去買回來，滿滿一碗端給父親喝得額頭津津生汗。父親只是笑一笑。大姊夫縮著肩剔牙，「謀殺親夫喔。」

同梯在電話裡的呼吸如同風管破了洞，猛然打個酒嗝，射擊子彈的力道幹譙，臭膣屄。他將才抽了兩口的菸擰熄在窗台上，牛肉湯攤頭坐滿了一板凳咻咻喝湯的人。臭膣屄。

同梯的妻側躺在沙發的衣服堆上，蜘蛛似的細長手腳；顴骨緋紅，擦了鮮紅指甲油的赤腳踢同梯，喊一聲喂，意思是倒酒；同梯故意斟滿，她一滴不灑潑，一口乾了，舌尖舔了上下唇。妻的酒量非常好，未曾輸過他，婚前兩人喝酒，他舌頭開始漲大時，她扶著他的頭，吸一大嘴再一口一口餵他，她的舌好像蚌足，他心思遁走剩一個寄居蟹空殼。同梯抓一樣小物件丟她，她手一抖，酒液濺了一臉，咯笑著拉出一幅布拭了拭，一伸腳踢得更用力。垃圾諸嫫，臉色豬肝紅的同梯瞪著她譙。

電視螢幕一對男女賣藥兼歌唱，她調大音量，大腿夾緊了一個抱枕，眼光迷濛看著男主持人。

十歲卻已經胸部開始鼓凸、屁股翹圓的女兒睡醒了，臭臉從房間走出來，海狗趴在茶几上，信手抓起花生殼、蜜餞果核丟擲，朗聲，兩個酒鬼，兩個醜鬼，最好一起酒精中毒一起下地獄。你做夢啦，唱歌難聽死了，狗聲乞丐喉，那種爛節目找你去錄影還不是騙你買藥，笨死了，不會播出來的，你等下輩子吧。妻笑吟吟，閃電揚手給了女兒一巴掌，啐，幹你娘。女兒翻落地板，隨即起身，仰著頭，臉頰清楚的紅斑手印；兩腿夾緊慢慢痙攣了，夫妻才聞到一股屎味，女兒一手掏內褲底，接了一掌新鮮的糞一把甩給妻。

妻尖叫，螳螂跳起。女兒用全身力氣也尖叫，高頻率剃刀般割了他耳朵，才咯咯咯一直笑。同梯抿一口酒，笑了。

枯井底仰望那發黴的月亮。他打開後車廂，蜘蛛妻的頭塞在女兒剖開的肚子裡，細長四肢與女兒豐腴手腳捆一捆老幹新枝，平板的胸，乳頭像一粒疣，母女血液凝結成一層膠凍。同梯切下一塊，刀尖挑起給他

食。兩人咀嚼著，面如芙蓉。

妻的母親總是纏著花布頭巾，讓顴骨更高聳，一雙大雨後山林泛綠光的眼睛，警犬般嗅遍了房子，立在客廳，與嚼著檳榔的隨侍男弟子交換眼神，然後喃喃著雙手比劃符咒，敵視著同梯說，你真孽。數日後男弟子單獨搬運來一座大石鑿成的盆子，靠牆安裝了小型馬達，務使活水不斷，投注了水萍與大肚金魚。金魚每日一死，浮屍無人收，腐臭一池，孑孓的培養皿。男弟子再來，平頭卻髮根密如稻秧，濃眉汗濕，撈起魚屍，投入新魚；等到魚全數暴斃，男弟子再來。妻笑如春花，讚他狗公腰喔，仰頭張大嘴，男弟子將一尾金魚投入。兩人出門，水泥地一前一後、一大一小的泥沙腳印，跨騎上機車，妻抱著狗公腰，呼嘯遠去。

一長街夜市的火光熊熊，現在，等待是一頭熊大而且溫暖的獸環抱著他，不似從前快速將心磨成針。直到在窗台捻死一排整齊的菸蒂，他下樓，昏暗街角找到同梯熄火的車子，知道他必然左腳提高踏在儀表板上，椅背放倒躺下但沒睡著。

他指關節敲敲窗玻璃，同梯期待他的眼睛凜然一亮，身軀卻像寒冷海

水下的一塊暗礁。

上次同梯來，全家正在轟轟車流聲中晚餐，折射進牆壁上的夕陽一抹胭脂。肩扛一箱進口牛肉，碰的放桌上，解釋是給一個做貿易的朋友捧場，認購了幾箱，開車繞一圈分送親朋好友。打開紙箱，要全家人看那分布均勻的脂肪像霜淇淋，真孀。說起那一台不鏽鋼肉片切割機，推送刀刃的聲音爽脆，好像金牌體操少女的俐落動作。

等綠燈時，店招的霓虹燈光瀑將同梯擱在方向盤的雙手染得血紅。同梯說尾隨到妻娘家，柚木地板一層霧光，倒映屋旁大樹，妻的母親帶他入內室，臉上封了一層蠟，不再招呼他，加入妻與男弟子狗公腰靜坐，各自盤腿一個蒲團上。樹上有鳥生命力強旺的叫著，太強烈的冷氣與薰香令他想要嘔吐，妻換了一身潔白棉衣，兩頰罕見有著經過劇烈運動後的血色，回望他時卻視他有如穢物的無情眼光。數日後，妻回家，又癱躺在沙發的衣服堆上，他聞著一屋腐臭，女兒拿著電話肉顫顫像果凍跑來，歡叫著師兄來電，童音音質如同新紙，邊緣銳利割人。同梯抓起一瓶酒，捶擊妻的頭顱之前，先槓打桌沿。那姿勢有如在強大氣流中

俯衝山谷的鷹，不顧一切，以為之後將是無限寬廣。

同梯婚後，兩人斷絕聯絡逾十年。有一年半，他外派去飛航需一日夜、大島城轉機的熱帶海岸城市，管理三四百人的工廠，配有傭人司機，每三個月有一次休假。氣候、植物、地貌與貧窮和三十年前的家鄉相似，同樣的椰子樹與鳳凰木，懶洋洋、昏昏欲睡的漫長下午，但從沒見過如此耽溺今日及時逸樂的人民，對明天絲毫無所謂。一個愛說話的員工告訴他，工人週日的娛樂是集資租個旅館房間擠得滿滿看錄影帶。休假時他常飛去大島城找一位老朋友，公寓大樓如同墳塚，終日自己一人在街上無目的的走路，走遍上中下城，走得衣褲汗濕又乾了，樓叢空隙間吹起混著酒味的風，吹起降落的野鴿子。傍晚的蒼黃光照，亮燈前照亮所有牆與窗，一家工藝店鋪的門窗全是收納一顆心的小方格；走琴弦大橋，黃昏時在河海邊的高地坐定，眺望對岸狹長的島城末端，心有著一個填補不了的空洞。一次飛機落地，一邊機翼突然冒煙，大家拿著鞋子從機腹逃生門滑梯下去，狂奔一段，喘氣回頭，他看見黑煙裡同梯跑來，他熟悉他頭略微左傾、隱隱一股怒氣的樣子。他覺得自己那心的大

洞大風呼呼颳著。

奔跑的時候，時間與風景緩緩逆流，襪子與褲管是野草的倒鉤刺，刺裡藏著種子，他去到那裡就繁衍到那裡。

之後認識了一位來經營農場的同鄉，數次見面源源本本告訴他移民的故事。一個黃昏，與同鄉全家晚餐，地平線開闊，夜晚遲遲不來，歸巢的飛鳥叫得清脆，圍桌的一家人身上有著太陽光的熱力與重量，下一代每個人好健康好無憂無慮，食量好大。他既有了個位子，一桌人也當他是親人。暖暖地聯想到古時以糯米、糖、蚌殼粉調和糊石塊而成的牆，正如這樣的家。他動心了，就留下吧，這是南方家鄉的複製，而因為距離遙遠更臻完美，他可以在這裡創造一個家，同鄉必定奧援他，生養兒女，繁殖眾多。

椰子樹上的鳥噪叫醒他，看著自己胯下奮起如金字塔，單純是生理反應，一下子就消失。他努力地想，想不出有驅力使他再奮起。完全沒有。

他返家，家兩旁的大路進行漫長的施工，季風颳起沙塵遮蔽了日頭。

弟弟在某一天下午，幫白鳥連同鳥籠清洗乾淨，沖淨了蘭花葉子，浴後好心情因而甜蜜啁啾的鳥鳴聲中，弟弟穿著白色內衣、拖鞋走進如同蚊帳的沙塵裡給吞噬不見。

大路施工結束，季風轉向，陰溝邊的小紫花盛開；陰曆十六，福德宮廟飛簷上有月亮，收音機播放尺八吹奏的音樂；晚飯時兩張白鐵皮桌面合併，留給弟弟的位子空著。疾駛過的車輛掀起氣流震動了鋁門，母親抬頭一望，期望是弟弟進門。父親要他上樓去看看弟婦。房間冷氣很強，她彷彿從灰燼裡艱難起身，乾澀喊一聲大伯。感覺她又臃腫了一圈。他帶她下樓，母親將筍湯又熱了，她咕嚕喝下。姊夫說，有聲表示好食，毋知有摻化學香料無？大姊斥，烏白講。弟婦單獨告訴他，幾天前弟弟來託夢，「死了才叫託夢。」他反駁，拒絕問她夢的內容。

他們新婚時，弟弟羞赧抱怨，新娘打鼾，害他睡不著，翻身時一條大腿壓他腹肚，重得他未得喘氣。他悵悵想到同梯一樣的習慣，身體與跨過來的腿成為一個h，他規矩睡直，兩人便成為H，那均勻鼻息讓他從騷亂滑向安穩的睡眠。

父親笑笑接口說起婚前少年時去東部的一個漁港工作，六個人睡一個通舖，齁齁叫像彈雷公，感覺像睏在天頂。

他帶弟婦到那漁港已是接近黃昏，她下身燈籠褲涼鞋，離開了家就顯露了精神，逗著港口海產店門前一隻白鸚鵡玩，鸚鵡也應她，聒聒喊出你好你好，她開心笑了。陌生人一定視兩人為夫妻。漁港沒落很久了，港灣瞌睡著幾艘漁船，一條塑膠繩晾著發著餿味的衫褲，山丘上有座油漆鮮亮的寺廟。父親說過那廟，依父親寡言的習慣，他忖度是要他去看看，他要弟婦等著，自己走上去表示心意到了，供桌前的拜墊塑膠皮裂了，香火味令他頭暈，廟前呆坐一個老人牙齒掉光了。哪來的神？他仍然代父親投了兩張紙鈔進功德箱。往回走，弟婦在帆布篷下吃一碗澆著豔紅糖漿的銼冰。他想到了兄終弟及。

很快找到父親說的魚工廠，成了廢棄鬼屋，牆壁爛穿，鐵管鏽洞，唯獨製冰廠還在，只一工人穿著高筒膠鞋持長鐵鉤鉤著長方冰塊寂寞地拖滑著。他確定弟弟不在這裡。確定的是父親提過旁邊的雜貨店，當年頭家女兒與母親有淡薄像，果然有一個頭臉輪廓與母親彷彿的老婦。夜暗

前離去，唯一聯外道路也是隘口，乾旱土丘上直立著幾莖單薄的紫紅小花，父親說過當年每天行這條路往返，一人在太大的天空下行走，颱風天看見海湧潑上半空。他回望蒼茫中的漁港，寥落的人影，有一個瘦高的似乎接收到他的頻率與他對望，有一剎那他想鎖住那鹹腥味的人影奔回去看清楚。但他知道那是自己的幻覺作祟。

等火車，弟婦或是走累了萎在椅子上成為一墩，兩手兩腳交疊，閉眼似乎盹著，趨光的夜蟲叮叮撞著月台柱子上的燈盞，跌落在她的頭髮上。他突然察覺她臉上水亮，靜靜哭著，她應是了解了此行的目的，落空了心裡難受。他過去與她並坐著，荒僻月台上只有他們兩人。火車還要很久才來。

車子駛過午夜的廣漠轄區，如在深海潛行，弟婦放倒椅背睡熟了微微打鼾，隨著列車晃動，一顆頭漸漸滑向他倚靠；她虎口有蚊子咬過的紅腫，脫下的鞋一正一反。夜色下的山稜線很清楚，他有些慄慄地近看她闊大的臉，因為近更顯坦蕩，看久了遂覺得荒涼又安心。

列車轟的進隧道，轉瞬開始有種漂浮感，燈色轉為乳白，隧道太長，

時間的鐵鍊碎裂了，待會兒出去將是另一個相反的世界。在那世界他已經將弟婦丟出車外毀屍，然後，他將在他看中的那個藍天覆蓋大海的小漁港落地生根，他相信會有一個更好的、不一樣的人生。

兩人退伍後的春節，同梯騎著新機車來找他，拿下護目鏡，一張臉給沙塵撲成熊貓臉，指甲縫與關節則是玩機車所得的油垢。過去兩年在軍營日日晨跑將兩腿鍛鍊成精鐵，爆竹煙硝裡，他帶著他家附近快步走遍，地上有兩人連體重疊的影子。也去舊厝看獨居的二伯，眨著濕爛眼睛的二伯講，當年差一點上了軍艦運去南洋做砲灰。牆圍的扶桑花大朵開裂，日頭曬進花萼裡。

新機車彷彿有一顆意志堅決的心，晚飯後帶著兩人到一處俯視平原的背風坡地，遠遠傳來零星的節慶砲聲，萬家燈火上綻放著幻麗煙火，即生即滅，又像投囊螢於大海，聽看久了有些寂寞。同梯在一塊大石上躺下，假寐，等著他。如果他過去與他一起，煙花停格在他視網膜上，在他身上。無需掙扎，就如同這一日遇見的每個人因為新年而特別寬容和氣，他唯恐自己任何舉措破壞了這一日的鏡花水月，同樣也絕不容許同

梯破壞。讓他等。讓他等。回程換他掌龍頭，同梯的身體凝縮成一個拳頭好熱烈抵著他尾椎，他繼續裝死，在後照鏡裡看到了那一臉壓抑的幽憤，心裡暗笑。等過了五個紅燈，停車時他握握他的手。

坡地看下去的燈火至今未覺有增減，不通音訊那些年，他理解同梯偶爾如執行儀式一人來這裡，說憑弔太嚴重，簡單說就是無處可去了，來消磨時間吧。曾經在此遇過沿著緩坡撒播百合種子的歐吉桑，熱烈講著播種計畫，不必特定目的地，空閒日子四界行，凡是空曠處就掖，要掖遍全島，等待花開時那挺立的白色喇叭大片如海。那麼老還癡人說夢，期待花海。

他們記得那濱海的野草地，有個碉堡的殘骸，看似一個候車亭，確實是有客運經過，一天稀疏幾班，得天荒地老的等。晴朗的海天亮得讓人睜不開眼睛，一對學生樣的男女不知從何冒出在那碉堡殘骸的陰影裡纏綿。看著他們，似乎是白熱化的火燄，女生抖肩哭了起來，但一眨眼，兩人不見了。同梯拔腿狂奔過去，他跟上，證實一無所有。

他還記得那野草地蒸氣似的炎熱。同梯放下椅背，躺下，一尾殭蠶，

只要有他在一旁，可以短暫好好睡一覺，此外無所求。小睡如死，他看著他蹙緊的眉頭與皺紋，唇上的鬍渣，不由自主有一絲寒慄。平地的燈光非常虛幻，但這時候兩人遠遠脫離了家的磁場範圍，進入無重力的漂浮狀態。年少時無知的快樂不可能再有了，雖然暗暗希望還能再有，堅硬的心已經拒絕呼應。這時彼此粗糙而且遲鈍的軀體，像是水濕了的火柴棒。

一人睡眠，結伴的另一人清醒守候，這是燧人氏有巢氏的漁獵上古經過了歃血為盟留下來的教訓。野草沙沙響，天空無限大，星星完美的注視下，以肉身為標竿，一心等待，不做別的事。

聽著同梯平穩的鼻息，這一次他看見天候的轉換，毫無預警，天空突然變臉，煌然一震，是無聲的閃電，讓夜雲出現了浮雕層次，照亮了同梯的、想必也照亮並且刺穿了自己的額頭。

閃電劈過了他們的臉他們的胸，是重生的光亮。

在下一次閃電前，他搖醒了他。

節日也是殺狗日。

捕狗高手的老兵在崗哨等到了狗現身，扔出預備的肉骨，口哨誘狗，狗眼光畏怯先是不敢相信，但飢餓也讓牠不能離開。老兵諂笑趨近，口中嘖嘖嘖，溫柔撫摸牠頭，等牠專心啃食骨頭了，一抓後頸，凌空拋進圍牆內有人麻袋接應。

老兵手指關節有歪扭刺青，畫虎卵講，起碼刣了三百隻啦，等到退伍衝到四百隻四季發財啦。剝除皮肉、曬乾的狗骷髏頭放防空壕收藏，一排一排的疊成狗頭牆。

微光的夜色，騎腳踏車經過防空壕，壕頂一顆昂首的狗頭，濛濛的青光，神色孤寂像一顆鑽石。

大雨後水濕的五日節，芒果樹的煤煙給沖洗乾淨，老兵取下平日收綰枝葉裡的尼龍繩，套入狗頸吊起，還來不及哀嚎，伙夫持木棍準確的一記重擊狗鼻上方，狗屍美妙垂掛。風爐呼嘯，等一鍋水開沸，狗屍吊在空中自轉，溫燒日頭滑過營舍屋頂最後一次炙亮牠的皮毛。每個節日如

此。

他天亮出發，銜命去領一個坐監刑滿的逃兵回役復補。逃兵三角眼，濺著檳榔汁的白布鞋，非常疲憊的樣子，好像被捕菜狗的眼神。他擰自己大腿以壓制講話不要發抖，逃兵請求予伊先倒轉、回家看看太太兒子。

逃兵保證只要兩個小時，兩人搭計程車穿過滾沸日光，門口埕前一大片高粱田壓著千萬噸重的太陽，迸出雀鳥，熱力射進來供著南海竹林觀世音與祖先牌位的客廳，牆上一排三張黑白遺照，應是逃兵的祖父母與母親，瞇眼張嘴不知死之已至。逃兵的老父起碼瞎了一隻眼，只穿一條黃舊大內褲箕踞藤椅上彷彿入定，胸脯乾癟，摸索著倒了一甌茶予他，他喝一口，土味好重；念小學的兒子啞巴似玩著逃兵送的遙控汽車，細黑兩手熟練地反覆操縱著急轉、倒車、讓它砰的衝撞椅腳。

整間厝如同一只黑甕，裝填先人骨骸的金斗甕。

好黑的太陽。他陪著祖孫一起讓太陽分解，三人暘成一攤液體前，逃兵與妻子從房間出來，錫箔人形，大汗淋漓，妻子一臉酡紅。第一次與

同梯一起休假，借了機車，烈日焚風裡騎了一整天，來回渡輪，噗噗噗引擎聲竄出一隻水鳥，河面水霧大概是工廠排放污水的毒氣。騎過鐵軌下涵洞，同梯嘿笑加速蛇行試他的膽量，他順勢放膽勒緊他的腰腹，那筋肉若手一撥必定錚錚響。衣褲皮肉之下是冰炭，他咬牙告訴自己，粉身碎骨也甘願。油門一摧，兩人像一隻箭射向空洞藍天。

機車騎過峭壁，荒山裡竟然有一窪好似化學藥劑污染成的碧藍水池，他記下地名，多年後讀到一則社會新聞，一釣客清早在此被認錯了給亂刀砍死。他覺得冥冥中在那裡死過一回。

兩人進了火車站前的旅社要了一個房間，老舊的冷氣機共共共打響，才十分鐘櫃台內將打兩次電話問要不要諸嫫。少年咧欲麼？欲鬆一下麼？同梯摔電話，毋要吵啦。幹。他身體累精神卻是亢奮，同梯卻立即沉沉睡著了，他凝視著他規律地起伏的胸，左臂上的痘疤，肚臍下的起伏，聞著浴後絕非香皂的剛潔味道，時間沙漏過去，一層一層覆蓋身上如同灰燼。

他知道大床另一側的身體封存在童男的狀態。他慾望強烈，是打磨得

銀燦的全新刀刃。

而且，這是南方。草莽的南方，烈陽的南方，死亡割頸的南方。

如果他一己的肉身與他的肉身結為一體，正如盟誓的信物分離多年後吻合。

如果他詛咒自己不動，不過一臂的距離，而惆悵欲死看著他如同河水裡的一具浮屍或倒影。

他再去浴室用最快的方法解決那刀叢似的慾望，小窗戶外是瀰漫著汽機車排氣烏煙的燠熱夜色，有尖細歌聲混著公車引擎聲與喇叭，才亮起的燈光如燒炭飛揚的紅星，天陲有沖天的水泥管吐著一朵火，空氣很臭。

傍晚返回營區，半天空的霞光淒麗，逃兵沉重嘆了一口氣。他無法預知半年後逃兵不假外出騎機車在省道與卡車追撞，頭顱碾碎。再銜命去幫他辦後事，逃兵妻認屍時，往後一仰，他接住身軀有如一麻袋的舊米。

漫天雀鳥聒噪，織成一張大網罩著直直平行三棟營舍，黃昏症候群，

每天這個時候，晚飯後、晚點名前的空檔，如囚禁中的集體因為時日虛度又一天、但又看不到盡頭而鬱苦異常，沮喪異常，芒果樹下晃盪著如同提早現身的鬼魂。他雷達感應到是同類的一兵，瘦得昏茫中一具骷髏，胃痛，屈在牆角，遲早會成為這群粗糙雄性發洩的祭品。

更早他感應到營區一個僻靜角落住了一位瘦削老士官，將自己與房子收拾得乾乾淨淨，更像古時候寄宿破廟苦讀的文弱書生，以修改官兵衣褲維生，誰都不理，逆著天光一盞燈泡下，挺直脊樑，修長手指拈針線，台階下的鼠麴草開著燦黃的花，收音機調到小小聲。除了一張工作台，他已將生活所需清簡到最低，清如水。

日後識得的朋友有快樂的一支，一起交換這階段的回憶，述說的是另一種歡樂版本，這樣暮與夜的交換時候，經過一白天的曝曬與汗醃，腺體飽脹，每個人就是一個可能，總和了則是無限的可能，每晚每晚他們輪流來快樂同類的床位前，做出求歡訊號，搖床架，搔腳底，掀被子，只要他願意，彼此完成一場做賊成功的歡暢。穀雨之後，霜降之前，最為忙碌，睡得少但日日充實。然而快樂同類熟悉那些夜半貪歡、眼睛亮

晶晶的少年獸，熟悉他們每一隻具體的細節與特徵，每一隻都如此獨特，就像慢慢等視覺適應了黑暗才能看清楚的星星，總結的說，那些少年獸是他一生的寶藏。

長方營房，正中一渠通道，首尾兩端是門；中腰左右兩側也是門，有四座直抵屋頂的草綠漆槍械櫥。通道兩側上下通鋪，夾在太陽與月亮之間，腳氣膠鞋臭，午時後與夜裡睡成亂葬崗。有光斜照，有那生命短暫的虫蛾撲著紗門。一少年一鋪，橫柱貼著名條，暗念一次就像擲出鐵鏢，啪的射中。有一拙獸不睡，土法煉鋼用針筆扎刺手臂，塗上墨水，歪扭的非字非畫，抬頭朝他笑了，一張闊嘴像個大傻蛋。他說，快睡啦。

類此的大傻蛋好多，廁所一條白瓷磚的溝槽，數人灑完尿，晃盪不收進褲襠內，盯著那入珠的異化成一管烏青怪物。好奇它勃起脹大的雄奇模樣，催促它的主人快動手，緊啦。一根沒啃淨的玉米棒，捶手掌啪啪響。嗯。嗯汝膣屄啦。幹，汝爸就來去齊齊入一輪，遘時捧著，喲嚇，釋迦牟尼佛的頭。

一生一穫少年獸。只吊菜狗不吊人的芒果樹。雨季過後，有一種扁長的胭脂紅小蟲大量冒出，水泥地上，爬滿晾曬的內衣褲上，留下腥臭，踩過去嗶嗶啵啵。

絕不像這樣的夜晚，脖子掛一條粗金鍊的廚房採買，大嘴齙牙笑開了，牽著一條皮繩綁著一隻捕獲的咬米袋的大老鼠，驚慌亂竄吱吱叫，無事可作也無處可去的諸鬼魂於是振奮了，圍攏過去私刑牠，拈著熾紅菸頭去燙，剪牠尾巴，持刺刀、鐵絲戳刺，往上一拋，重重摔下，口鼻溢血。採買最後用火鉗夾起扔進爐灶裡，諸鬼魂嗅著焦香滿足了。

眾鬼魂中有一隻老鬼，就要退伍的老兵，全身圓滾滾，眼神陰沉的接近他，討菸。他聞著老鬼散發的肉酸味想到貧窮的滋味，就像幼時的玩伴，給蚊蟲咬出兩條坑疤腿，結痂時太癢了，抓破流出暗紅膿血，另一玩伴說，豆油食太多才會安爾啦。低頭看著破敗的黑膠鞋，老鬼是夢囈還是發高燒說去年夏天，雷雨的半夜，閃電與大風讓空氣清新如樂園，芒果正好結實累累好香，在兩次雷聲之隙，有人夾持他去了曠地，送他飄飄然上了祭壇，電光照亮兩人身軀像魚豚。那人從背後穿過他兩臂勒

住他頸子，骨節粗礪的手很濁的機油味，呼吸混著檳榔香噴在他頭顱與蹦跳到喉頭那狂喜的心。那人天生的神槍手，打靶成績讓營區一群狗官眼紅，得到榮譽假，去市區看了一部電影，片中游擊隊迎擊強敵時用繩索綁死了曲緊的右腿腳，蹲伏著用來支撐槍身以利瞄準，也實踐了絕不敗逃要當烈士的決心。鏡頭注視那一排戰死、身體還發熱的槍手，注目禮的意思。大粒雨落擊頭殼如子彈，那人抓他的頸後，他不得不仰臉悽厲，看見為雷雨壓制的整片營區沒有一個人，下一秒鐘兩人就要給那雷劈成一對分割不了的焦屍。清清楚楚看著閃電鞭裂如珊瑚的幻影。他兩腿顫抖，瘟軟在泥水裡，而那人頂著大雨疾疾走回芒果樹圍繞的營舍，一節腰背如狼似狗。老鬼瞇眼嘆息，那樣的雷電風雨夏夜啊。老鬼退伍是日，他站在一疊磚頭上透過插著碎玻璃的牆頭目送，一夥人換上便服，提著一個輕簡的包，大步快走，腰腿非常有勁，無一人回頭。走遠了，才傳來雄性的怒吼，幹破汝祖媽，汝父白白了兩冬做悾兵。

南方的春天短暫，防空壕旁的茂盛垂柳抽出金芽，在軟涼日光裡閃亮。他隨同梯進入堆疊滿滿狗骷髏頭的壕洞，沒有惡臭，沒有屍水，沒

有磷火，地上還有一片鋪著瓷磚，洗淨曝乾的狗頭集體散發著醚香，誘發他們大膽且熱情有如很久很久以前洞穴的原始人，咬齧嗅聞彼此證實對方的存在，這裡，才是真正的祭壇。幽暗中，他踩出喀喇一聲碎響，他摸索拾起一大塊，摸著它的眼洞，笑了，曾經那是黑暗裡光亮得嚇人且可以看到鬼魂的狗眼，兩人遂興奮像一對小獸，幫對方穿戴上那塊狗眼骨，嘶哈著呼吸，在想像裡的野草丘頂上嗥叫，如岩漿的發燙精液射在狗骷髏骨上。

伙房兵穿著雨靴推著獨輪車載著一塑膠桶的饋去餵豬。他頭頂一團蚊雲，伙房兵傻笑說中晝時豬舍真鬧熱，中午加餐，老兵班長找了他熟悉的一隻黑貓砲友來，有夠婬，在豬舍旁的磚房划拳喝酒，九條好漢在一班喔，螃蟹一隻爪八個，兩頭尖尖這麼大一個，爬啊爬啊過沙河，四紅八仙七巧九怪，接力把黑貓灌醉，扒下伊的黑蕾絲三角褲，輪姦喔。黑貓喝醉了變成豬母，倒著毋搷毋動，面色紅艷艷若龍蝦，你同梯也有喔。班長講公平起見，大家褲得全脫。

日正當中的金光裡，脫了褲排一排，老鳥菜鳥、處男與否立見分曉，

班長一頭汗津津，一掌拍了翹得最高的，包莖喔也不去割割，不管菜鳥痛得彎腰，一把牽著往前，命令開第一砲，其餘啪啪鼓掌，盯著他的瘦屁股。隨即大頭綠金蒼蠅降落水泥地精液上搓手搓腳。展示氣度，班長自願殿後，沉墜的黝黑屁股有一道摺痕，最持久，烏亮臉膛陶醉著，醉死的黑貓竟也嗯哼出聲了。班長悶吼一聲，蠻力將黑貓翻身像翻一頭豬屍。

九條好漢沒料到的是潛伏期一過，一齊中鏢，班長岔開兩腿走路分批帶去就醫，教他們分辨菜花有雌雄，雄大雌小，先挽掉雄的才能斷根，順便叫那菜鳥把包皮割了。回到寢室，圍坐下鋪或者蹲著抽菸等那麻藥退了，班長用中部山裡特有的類似古韻的腔調拖慢拍子悠悠唱起流行歌，「打扮得妖嬌模樣，陪人客搖來搖去，紅紅的霓虹燈閃閃熾熾，引我心傷悲」，一手不時撫弄菜鳥褲襠，直到他痛苦叫嚷，捲曲身體，其餘伸手壓著他手腳拉下褲子，查驗確實有一塊新鮮的血跡泌著，才滿意散了。

更沒料到的是黑貓幾日後一身縞素來討公道，撩起裙子展示大腿的淤

青與漫疤，說，欺負我一個女的算什麼。斡旋結果以賠償和解，九條好漢關禁閉。他黃昏時陪伙夫兵推著餿桶走一段路，再去禁閉室，九人剃光頭只著內褲，一群黑毛豬與約克夏豬，最瘦小的捧著性器給其他人看前端的入珠效果。他頭皮發麻。同梯知道他來，岔腿蹲著，扭頭向壁。

那個夜半，他騎單車去崗哨，曠地蒸著日時曝曬的炎陽熱氣，割草機定時咆哮過後堆積的大片草屍一層又一層腐化著，香臭難分，濃郁得令人迷惑，唯有他一人頂著一整片天空，星星不敵光害全部不見。冬天才發生有人潛入偷襲企圖奪槍，哨兵給捅了一刀，腸子流出，營長半小時後趕到，銅鈴眼怒譙肏他媽，拿起哨兵的槍朝空補開了幾槍，偽造遭襲時有還擊的紀錄。同梯瞪他，不說話，通往機坪的水泥路灰白，兩旁有彷彿墳頭的防空壕與機堡，那接著天陲的寬闊常常讓兩人覺得是裸露在一無所有的地球表面。有月亮時尤其滿月，兩人偷偷來仰臥墳頭上，慢慢看出天體轉動，慢慢看出那發光球體的瑕疵，慢慢看出星圖的輪廓，也慢慢了解此生好漫長又好短暫，偶有一隻勇敢的鳥飛過。兩人、至少他並不有所等待，只是讓那寒光淹得遍體通透，他寧願相信人生是漫長

的，一次大概是割過的草太舒服太好聞，兩人睡著了，夢裡夢外一心一意的緊緊擁抱著。破曉前的沁涼驚醒他，睜眼看見大氣在奔湧，同梯身軀的暖意令他癡迷，月亮只剩如同指甲根部的白影，就要掉下去了。就要整個掉下去了。

他沉默地抱著他溫燒卻僵硬的身體，漸漸感覺他肋骨的震動，發現他流著無聲的懺悔的淚。

清明之後，冬至之前，一半時間同梯寄住他家，母親幫他們換了幾次床單被單，忍不住說了，你老父少年時有佮兩三個知己結拜過，簡單就好，買兩項水果去廟裡跟神明稟告一下。母親不知道為何微笑了，補一句，加一把花也可以。嘿啦，來訪的姑婆接喙，古早人講義結金蘭。同梯待出門才頑皮學舌，嘿啦、嘿啦。

他從小討厭那長舌姑婆，但他帶著同梯回老家，行過才翻修擴建的大宮廟並不入內參拜，直接去海邊，穿過午後瞌睡中的村子不見人影，觸

目盡是迷離的炫光，而狹短的灘岸遍布石礫顯得荒瘠，外海洋面灰濛濛，海水膨脹。他說矛盾吧，家離海這麼近，卻得不到庇蔭，不能靠海吃海，海隔絕了村子的出路。回程進廟裡，繞到正殿背後石牆上刻有獻金名冊，他指出上了金漆的父母名字。同梯念出名字與捐款金額，看他一眼，即使兩人都死了以後，他們的名字還會繼續並立存在很久很久。

就像這一座南方古城，除非意外，他認定自己將在這裡終老並死去。熱天太長，近乎永遠的夏天，花群初萌到好像火山爆發的岩漿，古城為鳳凰花所淹覆，他自認為從小就熟悉的地方，因為與同梯一起，跟著他的眼光重新看，彷彿第一次。

鳳凰花噴湧的夏夜，兩人一騎，機車尾燈的紅光曳成一粒流星，時間捲在呼呼的風聲從耳邊加速過去。

古城緩慢，下午的西北雨不留痕跡，一截殘留的古牆只有配著夕照時才讓人一驚，騎樓下揮著葵扇打蚊子、空望著晚雲的古城人，嘴裡鑲著金牙抵抗時間的侵蝕。壁虎嘎嘎得響亮，讓夜的初暗更寂然。

緩慢的生活裡有一些樹洞般的空隙，一個平頭男子微笑著向他走來，

他認不出來，對方口吐著檳榔香說明。他啊呀，辨識出那五官的輪廓，一開始頑皮戲弄他、卻在椰子樹與海棗沙沙作響的午睡時候罩著夾克偷吻他的小學同學。

同學熱情邀他與同梯一起晚飯，介紹妻與三個兒女，路邊攤一桌的甲殼狼藉。那妻悍麗，兩眉淡無的窄臉緊繃。他推說吃飽了，另外有事。鬼才跟你的土匪婆吃飯。同學騎車追跟來，自嘲老婆女羅剎一樣，有預感等老了將被母子掃地出門。

古城有奄奄一息古老的河，膠著死水倒映燈光，河盡頭理當是海。傍河是納涼桌椅，喝酒，同學喝一聲，說，今日遇見你真歡喜。同學與同梯都浴在紫紅光裡，彷彿他眼球割了一刀。

午夜，鳳凰木的影子拓在清涼的天空，三人兩車，並騎奔馳，油門一路催著，同學一身白衣黑褲在風裡獵獵，兩肩聳起，笑裂了嘴，奔向天涯海角的痛快感。一路無有阻攔，但見古城民宅老建物在瓦解，在拆毀，滿目瘡痍。還沒見到海，河先死在一堆某年颱風豪雨劫後的一堵土石前。同學說，下去。槎枒手腳下河床，背影一個羅漢，他止步，不解

自己非常希望此時能有地牛大翻身，讓那土石將同學活埋。

同學在暗影裡揮手喊他，他嚇一跳，心悸起來。夜風似乎送來同學的口沫，那黑影就是多年前走向另一條岔路的自己。

那個假日，兩人跟隨同學騎迂迴山路去妻的舅舅傾家蕩產開發的農場。深山如皺摺，呼吸著滿滿草木熟成的香味，穿過盛開著大片燦爛的波斯菊，朽爛大門前的立牌字跡很新很醜，「蛋輾的不准駛入」，一張木桌上放著一堆長滿黑斑的瓜果，倚著一張紙牌寫了「很慢的」。琢磨解出前者是兩輪、機車，後者是現挽的台語發音。

彷彿發生過一場急難，眾人逃光，只有他們三傻蛋輾返，滾進山坳臨著一大窪水池有一座凌空以木樁桁架的玻璃屋。立在遊廊，俯看水池裡的尺長草魚與游龜。同學說妻的舅舅買下這一整個山頭的驚人夢想，山風吹得眼睛熠熠走火入魔，規劃了別墅區、野營區、有鳥園馬場動物園的遊樂區，菜園花圃果園，修築一大圈棧道串連，夢中樂園遂成。舅媽氣罵，你放火燒山算了。同學跟一班工人來窩了兩年，聽覺分辨出了十幾種鳥語，吃了無數鍋蛇肉鼠肉湯，習慣了雷雨的恐嚇，舅媽的通靈師

父捎來警告，得了個異夢，天降土石淹沒了整個農場。其後颱風豪雨後，隔壁山頭崩塌了一半，舅媽備了豐盛牲果來祭拜，臉上驚慌。前年春天，同學妻與舅媽一起來，相牽爬過礫石陡坡，腳下一滑，兩人趴跪下去滾了一圈，苦楝樹絨絨的紫白花像是一場大雪。一個學徒猴爬上樹，奮力搖著枝幹嘩響，雪花揚起，草木香好像夢裡。

不必豪雨土石來埋葬，通靈師父又鬼扯農場入口有一尾龍鎮守，自然甠理做勿會起，註定是一場空。舅媽愁悒夢囈般這如何是好？舅舅昂起下頦指著層層迴盪的山勢，莽綠發著薄光如同希望，自信事在人為。

水池的白天鵝與鴛鴦陸續失蹤了，同學說原因是夜裡的異聲，一定來自山外的山獸。習習涼風，遍山為藤蔓野草覆蓋，雙手拔起一根，像炸藥引線不知通往遠遠的哪裡，詫異植物以他們的強韌生命力奪回曾經失去的。日光與雲影快速移動，草叢裡靜靜腐爛的是那些傳說中珍禽異獸木雕，麒麟斷了腿，龍身裂開，鳳翼剩一邊，他們腳一踢，木屑嘩啦掉下。

三人去找剛才唳叫的孔雀，同學說小心蛇。銳利草尖擦過耳朵，太陽

燒炙了整個山頭。一排鐵籠，孤零零一隻拖著長尾巴像破掃把的孔雀，神色寂然倨傲的落難王孫，瞄一眼來人不知是敵是友，轉身過去。隔籠三隻明豔黃藍色鸚鵡，堅硬大嘴呱的一叫，翅膀一搧，很臭。鐵籠前大樹下的空地留著一圈玩具火車的軌道。

很長一條木板步道為鳥巢蕨占據，不知通往哪裡，山風吹來，草海翻滾，沉埋其下的是舅舅的大夢城堡。舅舅落跑失蹤了。同學自願不時來巡守，上山來一待就是一整日。整片山不會有第二個人，他看盡動物的糞便與蛻殼，植物想要繁衍的果實爛了一地，發亮的花蕊如熱情勃起的性器，雨後一窩雛鳥掉落草叢，聽著求偶的殷勤叫聲意亂情迷，他全程目睹舅舅這一場輝煌的失敗。玻璃屋轉租做過野味餐廳，還是做不起來，載來兩部遊覽車的老先生老太太，餐後集體食物中毒。睡在樹根茶桌上給那如流水的長長涼風叫醒，只有他一個人，惘惘然錯覺已經過了一生。

刺竹的落葉落了三人一身。

指著一顆茂密的龍眼樹，同學說，前年果實累累，重壓了一樹，無人

摘收，它自己落地厚厚一層，得了教訓，去年龍眼樹因而發懶，省力氣不結果子了。那是生物的奧妙，知所節制。

落日時刻，一樣三人兩車，逆走來時路下山，蛇行層巒之間逐日，騎過一層就昏暗了一層天色，同學在兩人之前帶路，上衣啪啪響，飄飄如鬼影，偶爾回頭一笑，那笑容令他心碎；而同梯的腹肚溫暖，經過陡坡，凌虛一沉，他身體驟降，神魂剝離上升，因此看見酒精藍天空的第一顆大星，看見枯水的河床盡是累累石頭，看見極遠處的混沌與一切，他用力緊緊抱住，感到彼此的肋骨，兩人身軀黏身軀，未來一日，兩人也將如此成為一對擁抱的屍身，野草花穿過兩人的眼洞肋骨尻骨而綻放。

落霜的冬至日大清早，母親熱了一鍋桃紅杏白兩色湯圓，笑講有幾歲就食幾粒，廚房後門的水溝涂涂響，母親還準備了一包特產包紮整齊給同梯帶回家。

同梯的父母已經催了兩個月要他回去，欲浪蕩到幾時？嚴厲的父親甚至問。

日頭亮光了一半的路面，拂面則是霜風，父母親與他到門口送同梯，如常的早上辰光，上學上班上菜市場的一般人，母親吩咐，騎慢些，機車一發動，他急奔樓頂，探頭看一人一車一條虛線杳遠去了。

那晚獨自騎車夜遊，十字路口，一輛大卡車的車頭窗捅出打赤膊一顆人頭吆喝喊他，是菜花班長，大嘴裡牙齒缺了一顆，彼此揮揮手，卡車隨即轟隆開走，車後斗伸出一節竹篙繫了紅巾，他尾隨，夜雲大塊噴湧，在下一個紅燈他停止追隨，看著那朵紅巾飄舞遠去，忍了一整天的淚水終於留了滿臉。

同學帶他去撿石頭。兩人兩隻蟲蟻下到兩山夾峙的冰涼河床，巨石間卡著鏽蝕的彈簧床、冰箱、塑膠物件、甚至頸子環著鐵鍊的一副大狗骨骸。上游通往高海拔深山，往往一塊濃稠雲氣移動，突然就是一陣榕樹子大小的雨滴。驟雨後更荒熱。同學習慣了，稍後躺在好大的扇貝狀石塊上假寐，偶爾睜眼搜尋他。雲影與日光交替鞭笞兩人，在廣漠河床上

浩浩陰陽移，他不回應，除非讓他找到一塊腐爛的石頭。

同學也帶他回去小學學校，以前的教室全部翻新，憑記憶找到僅剩的三棵海棗樹，警衛兇惡盯著他們以為是綁匪吧。買了飲料繞圍牆走一圈，同學蹲在水泥花壇上抽菸，一盒菸塞夾在內衣下肩膀上，說兒子就讀這裡，放學來接，學童一大陣好像滿布垃圾漂流木的大潮嘩嘩襲岸。以前講，穧子柺死父。

他了解同學編織著美夢，希望回到許多光年前的兩小無猜；機車停在屋後穢暗巷子，慢悠悠抽菸，不遠處酬神野台戲有個寬而嗄破的嗓子反覆唱著古老的歡快曲子，嘿啊囉哩嘿、唉啊囉哩嗨。菸頭的那小簇火星燙著他的眼他的心。一旦等待過於漫長，無解，失去座標，熱情逆轉，熾烈的心將會瞬間風乾、碎裂如同水銀瀉地。

他內疚，然而那是他能夠給予的。

他非常想念同梯熟睡時的鼻息，身軀的微熱，全身略略捲曲彷彿求索擁抱。他在想念裡將自己打成死結，固執不下樓，不趨近那一小簇火紅

星光。一隻誤飛進屋內的夜蛾慌張找出路，他看著討厭，想一腳踩死。他考驗自己的殘忍，終將兩人一起推入煉獄。或者他等待的是這個。愛與邪魔，一臂兩瓣，如果他下樓，跨上機車，短暫成全同學的夢，他將回到那永遠的夏天，日光燜燒的夏天，擁有無限纏綿的公路、海岸與星空，得到一個人完整的真摯笑容，颱風雨裡一起給沖擊成顫抖的白骨，冰涼河床上共同發光的肢體，手掌裡有數億隻精蟲漿液的豐盛，一個小宇宙。

大石底部結著枯的苔蘚，一碰就成粉末。回程同學將車速放慢，比暮色還慢，在蒼茫裡滑行，彷彿暗禱能夠逆行時間滑翔。載到他家路口，兩人身軀像空空灌滿了野風的布袋，同學說了幾句話卻口齒不清，醉酒了般，頭髮一蓬雜草，眼瞳的光上升到屋頂之上與早星等高。而那握著車把的手與父親一樣，是長年密集勞動的手，粗厚。

雖然憐惜，他已經傷害了他，即使他其實什麼也沒有做。不接受不回應不表示就是具體的傷害，像引信潮濕的火藥，像內臟挖空了的身體。

古城某條老街的某位王爺出巡，護駕的隊伍在鞭炮的硝煙與大鑼的共

鳴裡扛著油膩的令旗、轉著華蓋的排總。地上淹著紅色炮屑，有老婦拜伏。鑼聲吭的一鳴，一隻熟悉的手掌拍落他肩膀。

跟著護神的隊伍走到傍晚，古城最老舊的一區，屋瓦與鐵皮篷浴在水紅霞光，很快矮屋簷以下的嗡嗡人群全是烏影。最後一聲鑼噹的漾開，一白天的神奇一下收伏不見，晚些遁入廟後一條窄街，芭蕉葉鋪著碎冰塊上是熾亮燈光曝曬的魚蝦螺蟹屍體，冰水濕黑了地面，流浪狗在桌椅下鑽動，兩人走到那裡都擠不進那團油煙熱鬧裡，給強光扭曲的人臉將菜刀一剁，砧板一跳。

有前例可循，兩人住進一家旅館，房門給踢破一個洞，一塊木板潦草釘補了，大床上的花布棉被摺成粽子狀。同梯箍抱著他，皮肉裡有鋼筋，解釋氣力是搬貨練出來的，洶湧的激情令他暈眩，他痛並快樂著。窗戶臨街，夜空之下地陷東南沉澱下去的千家萬戶全是一個模式，加總起來是個大磁場，兩人若願意租個房子一起住一起生活、偽裝那個模式加入那個大磁場總是好的。在睡與醒的朦朧幸福中，眼珠轂轆轉看著同梯，好像自己是一頭飢渴許久、非常深沉的肉食獸，將獵物打昏或毒昏

拖回洞穴。妄想到此，他完全擁有他，無人知曉。

直到蒼鬱的曉色裡有隻斑鳩叫著咯咯咯、勾勾勾、哥哥哥，同梯突然張開眼睛，含糊說，後天要結婚。

時差僅一小時，古國的天使大城，通機場的快速道路與正值氾濫期、貫穿大城的大河平行，熱風窒息人，中午入住旅館後，他鬱悶睡了一覺，二十五樓俯瞰整個平原瀰漫一層厚厚的青灰霧靄，是汽機車廢氣。之前他就有預感，同梯會放他鴿子；提議這一趟旅行時，同梯答應得太爽快了，興奮得像個孩童。昨半夜突然電話說，父親送醫院急診，一疊聲很抱歉。聽得到救護車喔咿喔咿。父親有幾種慢性病纏身，不時無預警的昏倒，病中只願支使同梯，此外誰的話都不聽。

天使城與家鄉古城近似的氣候，但空氣污染嚴重，他橫過寬闊馬路，上陸橋，穿過三座毗連的大型商場，音樂震得耳痛，但完全聽懂店員說的價錢數字，最後坐在人行道花台捧著一粒椰子像一顆頭顱，喝光了椰

汁，取出預備的湯匙挖那肥豬肉似的椰肉吃。黃昏冗長，燥熱，似乎落著煤屑黑雨，落在容易錯認為鳳凰花的火焰木一叢叢，落在候車人潮如同蓋滿湖面的綠藻。

夜晚很長。夜晚將會比預期的更長，必需防備寂寞難耐。那兩年，他多次陪伴彼時的死黨飛來會毛髮濃厚的情人，兩人蝸在旅館直到太陽下山了才如同一對吸血鬼上街，情人帶路，大河旁的潮濕陰涼巷道亂走，停泊的空船給河浪帶著撞著堤岸一如磕頭，河風吹拂有羽化登仙之感；路樹比兩層樓還高的舊城區一律木門木框窗，好多古老的漢字招牌，貼著退色的春聯，一位灰蒼蒼老婦在鎖門，講著是近似家鄉古城的話語口音，一時心熱遂與她攀談起來，老婦笑問汝是講龜亦是豬？讀冊亦是讀書？咱共祖先，真好真好。小腳一步一晃行去隔街一長條全是金子店。河風太涼爽誘人，搭渡船蕩過了好幾個河浪以為要翻船了，對岸是一座宮殿似百年旅館，連接著海平面的草坪插著橢圓大燈籠，一長列給吹得歪斜，看出去的海域無有船跡與星光，三人像心智未開的古人相信大海到此就是盡頭，好像一張大桌的桌沿，再一步便掉下深淵。三人遂掉頭

再搭渡船，航路歪斜，大浪一如鯨魚頭，上岸即是牡蠣灰的佛寺，夜暗朦朧中一碰就碎。

情人來自遙遠北部貧瘠的農鄉。死黨說故事，像情人這樣尋求翻身的相當多，一整個窮鄉的青壯人口聽說大城遍地黃金，一個接一個只一身憨膽跑來。情人帶死黨去參觀一批同鄉寄住的地方，公車去到城郊，嶙嶙一片水泥房屋，沒有綠蔭，穿過黑暗甬洞，光禿禿大通鋪，陰暗中垂著一顆燈泡，夾板上貼著影歌星的華麗宣傳照，一地菸蒂與酒漬，外面雞屎泥地有自製的單槓、吊環與石鎖供練身，簡陋的一節竹筒插著一團水泥。後院養著雞鴨，堆著竹篙、木箱、生鏽的鐵桶。人畜不分，死黨看了戲劇化的鼻酸落淚。

闖失敗的乖乖回鄉，繼續面向黃土背朝天。死黨也隨情人返鄉探親，飛機落地後搭車從柏油路走到爛泥路，車子破開隔絕村莊與外界的日光沸水，當晚全家人讓出高架屋掛了蚊帳給兩人睡，一層厚木板下的屋基養豬，廚餘直接傾倒下去。第二天起床，太陽亮得眼花，不遠的樹下全家人或坐或躺靜悄悄等著兩人睡醒，好無聊也好無辜。

那是兩人關係的巔峰。

午夜過後，情人繼續領路走進背包客雲集區，充斥著廉價吃食與旅舍，燈光下的人手腕腳踝纏著彩色絲環，眼白齒白。三人和進去，喝飲料聽他們交換資訊與故事，如同以前的水手，有個低沉的嗓音說起一個離島，不是那個月圓夜固定圍著營火酗酒嗑藥狂歡，還更遠，漲大潮時船隻得以駛過礁岩，海水酣碧沒有雜質，一片純白海灘，千萬不能過夜，就是去洗洗我們發臭的骯髒靈魂，必須趁退潮前離開，沒有理由，就是得遵守的禁忌。又一人說，在一個岬角遇見無數蝴蝶形成的一股漏斗狀的颶風。

交換遠方的幻夢，夜復一夜，讓他們雜交繁殖，直到覆蓋整個世界。

河灣的大風吹來，掀動鐵皮屋頂。明日天亮，各自走各自的路。

三人走到果菜批發市場，一墟的低矮屋頂，幾條路衝來輻輳，貨車載來竹簍與紙箱險險地疊成浮屠高塔，地上流著水亮晶晶，燈光密如一盒珠寶，精瘦男人打赤膊卸貨的緊張時候結束了，推車轂轆轂轆遠去，坐在小板凳上守著攤子的健壯女人挽著髮髻，抱著熟睡得好沉重的小孩像

一隻幼獸，她分裝青辣椒醬油，每一塑膠袋灌滿空氣，鼓鼓如同河豚，也將細細複瓣小黃花串成一條條。熱帶的夜晚好悠長，做夜工的婦人沒有一點苦相，柔韌有如藤條。

若干年前，市場外的三岔路方錐紀念碑那裡有過憤怒青年集結示威，氾濫成人海，鎮暴部隊在深夜悄悄開進來，強力驅散。青年反抗，兩方對幹起來，槍聲在破曉時響了，死傷者魚貫放在一排大樹下。天使城的外鄉人跑來當是看熱鬧，有兩三具屍體驚惶得閉眼張大嘴。情人咕噥著一句什麼，自己笑了。

小孩大概做了惡夢，在女人懷裡掙扎哭了幾聲，她溫柔搖晃著，胸部很柔軟。他與死黨看著她與小孩，異國的夜很長，死黨或是有所預感，雖然傾其所有資助多毛情人，但很快一切成為徒勞。情人在烈日下誠摯的大眼，表示會一直在這裡，那是承諾他們關係存在的方式。

死黨決定提前結束假期，潮悶的夜，計程車飆到機場，卡在遊覽車車陣裡，一大條蒼蒼黃光重重壓在臉上好像封條，他明白那是兩人結伴來天使城的最後一次。死黨突然開了車門，在那天上地下都是轟轟車道的

水泥空間奔跑著，他以為聽到他要把胸腔臟器全吐出的嚎叫。他甚厭惡這樣的戲劇化。

第二天他走到了火車站，眼花撩亂的宣傳單上隨機選了一個地點，以非常低廉的金額買了車票，火車開動的十分鐘，經過火焰花簇、細碎複葉下貧民窟似的河邊木板平房，河道淤積，簡直像回到小時候的家鄉，之後一個多小時的車程，穿過烈風與沙塵，看見鳥兒墜地，到了遍地是傾塌城牆與佛像的平原古城，好安靜，好多小路栽著一排排的朱槿間或護著一間木屋。古城人一如昔時的佛國人，微笑無爭，赤足行走在土地上，彩豔的蔬果切丁切條一鍋一籮排列整齊，剝皮摘蒂去瓤疊成寶塔。他雇了電動三輪車載著繞一大圈，或者法律規定這是聖地不准建現代大樓，然而面積遼闊，每處古蹟其實都一樣，破碎無解，差別只在草坪是豐潤或枯黃，有無鬚根接地的大樹。沿著火燬舊城牆的遺跡走，司機兼導遊解釋千年前統治此地的王朝名字意思是快樂的開始，城名則是不可克服的意思。聽來非常諷刺，且命名的人真是貪心啊，最後留下的其實是貪心之名。下午很長，黃昏也很長，古老的大地慢慢升起霧意，他隔

著一潭湖水看不遠對岸一螺旋尖塔，其旁怒放一大樹白色緬梔花真是美麗，他想心嚮往之就夠了。巨大的臥佛儘管周身斑駁，雕工細緻處風化得頹散了，披著亮黃袈裟，真怪。他希望質料是絲綢可別是化學纖維。臥佛搶先沉沉睡著了，一切寂然清涼，仔細看那臉容毋寧是孩童的天真未鑿。虔誠繞走一圈，證實自己確實冥頑。旁邊賣紀念品小販的幼小女兒很活潑，黑皮膚大眼睛，蹭著他也不是兜售，只因他是那昏睡佛國中唯一清醒的人，悅耳的童音一直跟他說話也不管他聽不懂，主動牽了他的手。他心裡一動，必然有此一說，為了今日這一牽手，他與女孩在佛前求了五百年。求一千年則是司機問他，要在這裡過夜嗎？可以幫他介紹旅館。

大地慢慢升起的是霧意還是沙塵，一猶豫好像也跟著臥佛睡著了。

時間很慢，不急著下決定，司機奉送故事，千百年前，有九道大河匯流環繞古城，城中到處有貼著金箔的尖塔寺廟，塔尖觸著白雲，僧侶日日誦經焚香，水鳥、佛像與人一樣的多，來自遠洋的大船運來一船一船的珍奇財貨，水上遙遙看見古城有如一座黃金森林。你以為這樣的樂土

會持續到永遠?司機問。一晚,覬覦已久的鄰國大軍攻入,血洗火燒,大城被毀滅,終結應許的快樂。

他看著司機像黑太陽,替他結束故事,你的頭就是當年被砍落地的佛頭,我則是那持刀劫掠的鄰國兵。

暮色如同大雪紛飛,他在三輪車上屢屢回頭,看著那些靜靜繼續等著時間風化、早就入了涅槃不睜開眼睛的佛頭,數百年前修長頸子遭刀斧斲砍的瘢痕猶新,看著草坪上的廢墟磚瓦與一旁熱烈展示生命的花樹,他覺得自己正是千百年前快樂之始王朝滅亡的最後一人,逆著襲來的夜暗倉皇離開,還懷抱著一個永不能實現的約定。

弟弟的小兒子四歲,手腳並用下了樓梯,跑來抱著他腿叫爸爸。弟婦一手捧著一把瓜子,響亮嗑著,眼睛卻像塗上一層漆。深夜幾次經過她房間,冷氣開得很強令他汗毛豎立,她攤在床上如同洗淨剖開的豬大體。

姑婆帶來一位如同紅姨的老婦，左眼蓋著一坨肉瘤，右眼球翳著白濁，三人圍著壓低嗓音唧唧咕咕，瞎婦偶爾不語，眨著右眼環顧屋子，緩緩搖頭。他忍耐著，臭臉看姑婆領著瞎婦離開，腳步穩健如常人化入日頭裡。母親傍桌坐著，一手撐頭，非常衰弱的樣子。她以此表明，你免講話。

他不妥協的方法是去坐在桌子另一邊，以沉默表達怒氣與鄙視。弟弟昏睡一年後，母親開始用很倦怠的姿態螫人，「悉啦，你讀冊高兼食過鹹水。」怒氣哽著他的喉嚨，他再不能忍受她凡事推給所謂的冤親債主，凡事痟想跟神鬼交易了事。她一人於祖先牌位前喃喃，甚至索索的哭泣。他在心裡大喊，夠了，夠了。同梯說，你佮你阿娘，個性一模一樣。

桌上瓷盤裡水浸著的玉蘭花漸漸轉為焦黃。

幾年沒有音訊的死黨突然來訪，若有所思問他，弟弟可好？主動解開頭上綁的海盜巾子，露出光青一顆頭，化療的副作用，死黨嘿嘿說，那天去醫院領藥之後開始每天例行的走路，轉進一條飄著榕樹鬚根的巷

道，看見了你弟弟，那瘦高的身形很容易認，喝他喜酒彷彿才是昨天。怪異的是無論怎樣加快腳步，始終追不上，再轉彎走進一條日光大路，只能看著你弟弟遠遠的在那強光裡消失。

晚上，死黨帶他去一家小酒館，只有矮桌上有翳暗的燭火，因此牆壁、屋頂皆是烏影。老闆是死黨舊識，下巴蓄著一綹短鬚，握著一罐啤酒，述說整地時掘出一具骨骸，報警處理，檢驗結果是死亡了幾百年的無名屍，為了安心還是做了一場超度法事。舊識的眼仁如同燧石，等待碰撞出火花，繼續講古，不知是否吹牛，兩百年前，此屋十步遠之前有河道經過，挖到無名屍骸前挖到貝塚。屋後一堵老牆被一棵大樹盤根多年而不得不結為生命共同體，樹冠上是平如鏡也清涼如鏡的南方夜空。那也是一如躺在棺材板上順流而去的必然航程吧，死黨在晦暗裡病容畢露，他一人又去了一趟天使城，自忖是最後一趟，之前探聽到多毛情人當了和尚，輾轉的傳話說是為他祈福。他正午找到人車與噪音洶湧的市場旁的寺廟，金箔假假的，大直徑的淺銅盤滿滿的油，棉繩站著一粒豌豆似的火，回神時跳了跳，準備要燃到天荒地老。塔尖牽了長線，繫

了密密的鮮豔三角旗。他並不期望能找到情人，巡視那些袒一肩裸兩足的誦經僧侶團，似乎每一個都一樣，除了脖子長短。他終於看懂了，年輕的僧耳朵挺拔，年老的腦勺有如曬乾的果核。他手上有一梗向廟口攤販買來的粉紫蓮花，開足了，曬得奄奄的，花瓣尖尖卻像塑膠，他撫著梗子上細細絨毛，看定了一僧，低眉斂目，顯得兩個耳朵更大，唇形若刀刻，他懷疑他根本瞌睡著了。他還看懂的是混跡香客中的一個相貌忠厚的騙子，同夥在另外景點哄騙觀光客來此，騙子接應，念經聲中跪坐地上攤開一張收據，告訴觀光客他好便宜買了一批寶石，工廠就在附近，有興趣我告訴三輪車夫載你們去發財。他下定決心等那僧張開眼睛回看他，就算了了心願可以離去。像不久的從前，他曾電光瞬間傾全心力戀慕一個人，另一個電光瞬間好像沸水潑在雪上慾念全消；兩個瞬間，渡一條銀河。一人對眾僧，他一人在眾僧的眼中理當是一坨糞土，而他一己勘不破的想念是天上繁星恆河沙數。眼前只有一個選擇，加入，或者離開。他將那一梗蓮花放在佛塔下，轉身走人。

最後一趟旅行，同梯成行了。行前一天，同梯說父親又住院了，感冒

了幾天轉成肺積水，半夜了又急忙說都安排妥，一下激動起來，說我們照計畫去。一早先飛離島，接水路，再搭機，最後接出租車，同梯老習慣，一路睡，一顆頭沉沉的傍著他的肩，呼吸很濁，幾度熟睡了甚至微微打鼾。夜晚抵達有著古老名字的城鎮，下著細密的長腳雨，氣溫很低，一講話吞雲吐霧，只覺到處皆是泥濘，凍僵的腳底沙沙響，水汽裹著燈有了光暈，走進老城區，石磚路淋漓的水光如同溪流，兩旁人家都上了門板，如同歇工的片場，只一家半掩的門裡昏瞶中貓著個萎縮的老婦，腳前竹籃裡一個小火爐，雨大了起來，一整排屋簷給雨水漱著，雨聲搗著耳膜，他左手持傘，右手握著他的左手臂，多項慢性病纏身的父親愈來愈像小孩子的依賴他，經常找不到他就暴怒，吃藥也得他餵，有回竟然哭著顛顛倒倒訴說醫生護士欺負他。父子兩人的角色互換，讓同梯對父親認生極了。魚卵似的遠燈有一顆破了。

父親懼怕死亡，那些令同梯非常疲憊、沮喪的突發暈厥、歇斯底里或焦慮行為，主治醫師私下說一般而言較少發生在男性。他慶幸自己的父親安靜謙抑，午後戴草笠走路踩著自己矮矮的影子回舊厝，壓出幫浦水

擦淨一身汗，簷蔭裡自己哼菸，自己泡茶慢慢地喝了一杯又一杯，熱燙的茶甌，茶香如亡魂，也給不在的弟弟斟了一杯，待涼了，自己喝，再斟。同輩鄰人不是在午睡就是永遠睡在墳地，偶有一位路過，咻，父親喊，鄰人嘴裡的鑲牙一閃。愈是接近墳地，父親愈是有著土地的安靜遼闊。沒有影子的鄰人走來，父親才認出是亡故多年的某一位祖輩；無所怖懼，而是放鬆。他花了一筆錢修葺舊厝，方便父親回去使用。白熾日頭下，一隻烏黖黖的鄰狗哈哈吐長了舌頭人立著騎在另一隻烏狗上，被騎的狗母委屈的眼神看看父親，他懷疑父親會笑牠爽假疼。竹籬下有母親栽種的幾株番茄，果子青綠堅硬，野草裡躺著一粒拳頭大的早落的青木瓜，飄出腐爛味。

睡夢中一直覺得寒冷，朦朧聽到雞啼，雄渾的朝氣，他有個錯覺，兩人一起肩並肩腳靠腳在曠野睡了一百年了，全身覆蓋著寒霜，鬚眉皆白。

寤寐之間，想起死黨說某年年底來這多雨古城鎮，大清早看見黑色魚鱗屋瓦上積雪，雪光清朗朗，整個人跟著澄澈，不得不清算起自己譬如

走過的路，識過的人，犯過的錯。

為了抵抗寒冷買了酒，旅館僅有兩個渾身刮花的骯髒小玻璃杯，或者因為疲勞或興奮過度而喝得太猛，同梯很快的惺忪委頓，含糊的說他的妻彼個膣屄走了。他皺眉，很不喜歡他說穢語。同梯口鼻噴出潮暖的酒氣與多肉而軟膩的一身令他覺得非常疲乏，然而當他綻開孩子般的笑，又覺得一切是可以原諒。他答應同梯固執的請求去了婚宴，故意遲到，選了最角落的位子，遠遠看見新娘高聳的彈簧鬈髮很滑稽，他頭髮剃得高，頭皮閃著青光，襯衫的領子白得耀眼。他心神是被此一人生大事所攫，婚禮進行順利，他遂安心遁走。半夜來了電話，是從公共電話打來的，深夜的市囂層次更分明，一台放送廣告車可以想見一車火樹銀花，電話那頭打著酒嗝，他以冷淡的口氣催促他回去，睡一覺，天亮就好了。同梯不願意掛電話，等他下指令，逃吧，我與你一起。他拒絕不說。很久前的一則新聞，多年後才明白，是像他一樣的人，喜酒後獨自走到河邊，走進河水裡。那是快速但是最壞的選擇。他們會去山裡，一人一棵大樹一似回到遠古，伐木或鳥聲空空的回音，那是心靈的沃野，

徹底的自由。樹長多高，兩人的靈魂就竄升多高，在那裡，看見無人知道的顫慄風景。

他問同梯，女人是怎麼走的？他暗暗期望弟婦也有將現有的一腳踢開的膽識，一走了之。等待無異是一種惰性，如同身陷流沙。日後再問，同梯一指向後指向車屁股，隨車行駛似乎有一顆頭顱咕嚕咕嚕滾動，同梯桀桀怪笑了起來。

我沒有女兒，我沒有生過女兒，他神經質笑著。

他了解他渴望新生活，有時未免過於天真，譬如發憤整修了住家，成為獨身者的素潔。山路盤旋，車行在山巒的皺摺裡好像他們在沒有出口的迴路裡，這不是杳遠的古代，蠻荒滅絕了，而柏油路平整，橋樑巨大，只有吸收了幾個山頭的草木氣息的風是純淨的。他相信那必然是幻覺，他看見了月亮，一塊塑膠片。

月落的時候。許多年前，他們在機堡的草坡相擁睡著，在破曉前猝醒，體熱上蓋了一層冰涼的露水。月亮完全沉沒的最後一刻，夜氣嘶嘶地席捲退去，在太陽追獵他們之前，兩人一前一後奔跑著，手中的老步

槍響亮著，跑向新生的第一道日光，他叫喚他的名字，那麼大聲，充滿力氣，那麼喜悅，一如上古之人發出第一個字音。

許多年前，在慘淡的早晨，他的頭歇放他肩上。許多年前，兩人在飛馳的機車上，強風拍著耳膜，還有許多夜晚他們身體下的島嶼如同大陸暗暗漂移，所以，就像上古的狩獵者與狩獵者，有一日，後死者在先死者的胸膛刺畫紋路，刺畫什麼？象徵的山川日月，蟲魚鳥獸或者花木，曾經一起見過無與倫比的景物；得把握時間趁屍體尚有溫度，讓血液流出，代表靈魂釋放自由了。日後，他將他的頭顱佩繫腰際以為信諾的繼續，關係的繼續，存在的繼續，時間的繼續。等到他也死了，再不會有人知道他們的事。

他與他，到此為止，此外洪荒。

那一日到來前的今日，陽光普照，裝了心臟支架的母親坐餐桌邊支著頭說，可惜囉，這是曝菜乾的好日。弟弟的妻餵兒子吃糜，她小腿兩三個結痂的傷口引來蒼蠅嗡嗡舔吮，她無所謂。母親對弟婦說，得去羅米麼？屋後竹篙上多了一個精巧的竹編鳥籠，籠內一對食罐瓷身有著篆文

的壽字，是父親行路經過一間古物商無意中看到，父親母親都覺得是一個吉兆。

空鳥籠之外，晨昏有雀鳥鳴叫。他為父母親說的兆頭一詞背脊寒凜。他幾乎確定弟弟不會回來，猶如鳥兒不會回返鳥籠裡。

旱季的日光一如白熱化的火焰熊熊，燒得道路沒有一點塵埃，沒有人跡，車頂的熾亮反光，多像那年那古老城鎮黑色屋瓦上的一夜積雪。同梯說，走，握著他手臂夾持起飛，讓我們飛簷走壁過去將你我的臉印在那雪上。

昨日的雪。今天的太陽。

等到夜晚，大地降溫，同梯會再來嗎？他希望他再來。

他希望他再來嗎？

心如爐上煮沸了的一壺水，他得出門走走，暫時不要看見父親母親、弟婦與姪子。當然，還有沉睡的弟弟，他睡了好久了啊。

這是太長的一日，回頭一望，太陽光令他目盲。

這一日，於完成中一無所有，於無所有中記得一切。

多麼想回到燧人氏有巢氏的漁獵上古。
無盡的日色化作野草，強旺的繁殖力窸窸窣窣的伸向四面八方，急速
掩覆了他的家。
到此，時間勒馬於記憶的懸崖邊緣。

《人的夢》之二

——原子人

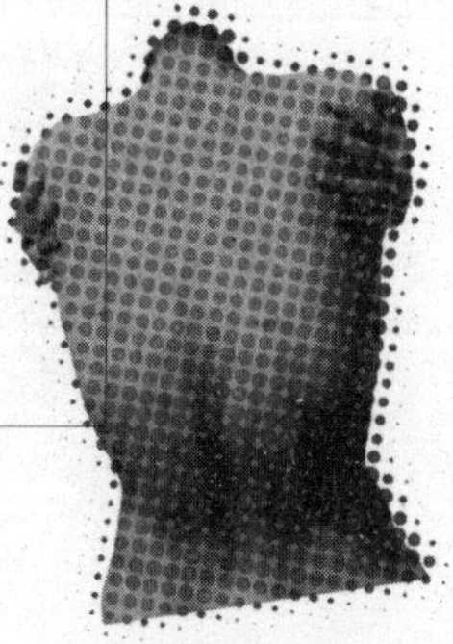

一人獨住、沒有電梯的老公寓頂樓，每天早上，太陽以四十五度的斜角從露台切入客廳，新的一天新的神聖光照裡，滾沸著昨天的塵埃游絲。

帶著睡意進入那溫暖光亮的領域，看著自己獨居的影子，確實不好。這一日，回去南方已經好多年的好友的弟弟在客廳沙發上，像一件大布偶，額頭與人中有在大太陽下走過長路的汗氣，疲累得很虛弱的樣子。

垂著頭似乎睡著了，彷彿日光收盡了因而萎縮、據說毒性很強的白色大花。

半夜一場大雨盡興下完之後，屋子前後窗戶洞開，對流著濕度偏高的

空氣，但是相當舒適。

好友的弟弟，嚴格說來是陌生人，這樣突然出現或者是一個饋贈吧，他想。

隔著一個三步長五步寬的天井，屋後背對背的鄰居新添了一條小生命。月亮曬在女兒牆，嬰兒因為容易餓已經啼哭過幾回，好響亮的小獸。年輕母親兩隻腳蹄穿著塑膠拖鞋咵啦咵啦到廚房，架在鐵窗上的抽水馬達隨即抽搐起來，窗裡她的剪影看來非常疲憊，失去了兩年前入住時的靈巧。她的丈夫一直很孩子氣，下班回來了蹦蹦跳跳哼著很久以前的卡通片主題歌，撒嬌叫著媽媽我餓了，飯煮好了沒有。

月光薄膜在洗石子的顆粒上，午夜之後屋子昏暗了，防火巷一隻敏捷的貓竄上那棵血桐樹，劇烈地搖晃新生的枝葉，跌落地上的影子如同血塊；躁動立即感染了所有還沒入睡的人。稍後年輕夫妻的屋子轟的熱水爐瓦斯燃燒了，他試著想像數億精子就此給沖入下水道。

那年，好友弟弟的喜酒擺在雜居著三個異姓王爺、某帝君與某娘娘的大宮廟側翼，牆上油彩工筆畫廿四孝的故事，一個個古人腴白酡顏，盤

髫蓄鬍，遂行好古怪的事，塑膠布圍起的廊廡則坐滿了終年吃著鹹風所以習慣瞇眼的親戚朋友。他們講話，好似曠野大風裡向另一個人影喊。棚子外，一排爐座轟轟噴著酒精藍的猙獰大火燄，一整個白日在空地現宰現烹。

傳說當年只是幾塊石頭與柴板疊成的海邊小廟，予風颱的海湧沖掉，隔兩日、三日，三尊王爺踏烏色海湧返回原來廟址，若親兄弟手牽手，等待鄉人集合跪拜、請罪，誠心砌了一座新廟，等待來年風颱再度毀掉，神蹟得以再現。最初聚居海邊的先人包括女眷只有幾十位，開枝散葉鼎盛時幾百戶，之後再一半人口背海遷走。三王爺昔年上岸的海邊，新的傳說是成了祕密的天體海灘，溫暖的季風來時，含著鹽結晶體的沙地閃亮，遠遠看那些躺臥的身軀好像海難後沖上岸的動物屍體，可惜毋是海翁。

好友開車來大宮廟，鄉間路邊大片野賤的高草，最後的太陽跌進裡面，割得好血腥。好友父親講，以前有空飄物成功渡過海峽像天裂開落下魚鱗；好友續說，轟動全村的大事喔，大家搶著撿，興奮死了，送警

察局有錢領。

最後的早生貴子甜湯上桌，賓客囫圇兩口紛紛起身離去，出口大若一扇窗的婚紗照前，新郎白手套捧著一籃子香菸，新娘白蕾絲手套捧著一籃子喜糖，曠風長驅直入，幫助疏散人潮，一對新人如同紙人啪啪地似乎就要給吹破、颳走。幸好有陪在一旁的好友父母親穩定如磐石。

空地上十幾隻注滿了水的大鋁盆，映著廊下日光燈，每一盆就是盛著一個月亮。

好友母親抓住他的手，講，你來我尚歡喜，明年換你喔，紅包我準備好了。

一次她帶他來拜拜，幫他請了一個平安符，裝在方形紅色的小塑膠袋，在王爺前的香爐薰了幾圈。廟前幾個老人屈一腳屈兩腳坐在水泥台階上，甕聲問，你何時加一個後生？偷生的喔。

走縱貫線來回，那些在高速移動中一閃而過的宮廟，供奉的巨大神像在空中像浮標，一口白牙一綹白鬍鬚笑得好慈祥也好虛假，金黃耳垂觸到肩頭的一顆釋迦頭，粉紅色大手搖一把破葵扇，戴著金箍穿虎皮裙的

潑猴，體態若楊柳款擺的白衣女神，沒有看錯，甚至有單手高舉火把的洋人女神。終於有一日，他來到其中一尊腳前，是被一夜豪賭大輸的信徒拋棄的宮廟，飛簷盤著兩條豬鼻子的碧綠龍身，圍著的鐵皮噴漆「要粗工嗎」，「外籍新娘保證處女」，神像背後破了大洞，大香爐給鋸了腳賣給廢五金回收。他發誓有一天他要見鬼殺鬼見佛滅佛一間間一尊尊的全數炸毀。唯一願意留下的是好友家鄉的大宮廟，數年前徹底翻新，牆壁上鐫刻了密密麻麻的功德簿有好友父母親的名字與捐款金額，採陰刻法，一筆一劃塗上金汁。

一個下午，好友帶他穿過瘠地去海邊，經過一片寥落的墓地，跳過那些因人口外流然而帶不走、年久殘破或傾頹的墓碑，好友指認祖父母與幾位親族長輩的位置，順便看看野草木幸未長得太兇，並解釋了閩客墳塋的分別在於後者有著如同陽宅廳堂的造型。好友印象很深，每年第一場雷雨，雨量大而溫暖，逼出了閃電，熾爁的時刻，照亮了墓碑與墓草，似乎也落下了肉眼不能見的生機。他們呼吸著墓地非常眷戀人世的孤寂味道，希望日夜面向大海的他們能夠養成寬闊的胸襟。隔著攏起的

灘岸遮蔽了海平面，也知道海在發光，夢裡巨鯨的背脊。

村人謹守生死的分野，一年只來一次墓埔，不會捏造譬如畸零人口輕則披頭散髮雨天到墓埔為墓頭撐傘、重則盜墓見鬼的故事。

爬過灘岸，是讓好友面露畏色樹根宛如蟒蛇的一片林投樹，值得懷念的是摘了那假鳳梨，撿漂流木烤了吃的美味。熱天午後的雷雨淋濕了大海，好友與弟弟偷偷跑進升起水霧的淒迷海邊，立即全身濕透。村子始終產生不了一個閒人。季風轉向的晚上，夜半突然醒了，因為腳底觸到一股非常柔軟的暖意，令人好想下床夢遊。獨身的二伯一次嚴重的蜂窩性組織炎而截斷右下肢，殘而不廢，堅持一日不作一日不食，天未光，拄枴杖帶矮凳、鉛桶，菜園抓陸螺。搖晃鉛桶摩擦著帶殼活物好像日頭與夜露爭吵。二伯跛行，也像蝸牛在水泥地以自己的黏液鋪路前行。

好友決定將深度昏迷中的弟弟送回舊厝，找他陪同先去探勘。他被送保單的行程耽擱，路過一座光亮的盤龍牌樓，深夜抵達。好友的小學同窗、現在是裝潢包商來飲啤酒開講了一晚先離去。他們看著舊厝多年不用的廚房塌陷了一角，破洞中發出一叢野草，還有一鉤新月。好友懷疑

二伯的菜園一如生前沒有一根雜草，露水滋潤地上諸物，因而期待半夜可以再看見二伯撿蝸牛。厝內充滿了無人居住的腐朽氣味。臥房是通鋪，有一道木梯通往懸空的儲藏室，冤家賭氣了就上去睡。記憶中的通鋪堆滿了寒暑衣服被褥蚊帳，壁上一塊是專屬大姊貼那些影視明星的海報月曆，那些母鼠帶著幼鼠跑過屋樑的夜晚，父母積著重重的魚腥上床，雨天則是膠鞋的臭。

村鎮每戶人家門口掛一球黃燈籠，雞血紅毛筆字，國泰民安風調雨順，有燈籠的人家就是宮廟神靈的守護轄區。夜晚彷彿人在眠床翻身的時候，那是內勁很長的風自大海上岸，一盞盞燈籠串連起來搖晃著有如河流。

萬物靈動的時刻，人不被允許看見。人在睡夢裡，萬物欣欣然生長繁殖。

那麼，就讓生者與死者各安其位，二伯的亡靈如果願意，如同一隻大龜馱著弟弟在睡夢裡遠行。

一年前他到病房探視好友弟弟。好友母親求來一瓶符水，繞著病床喃

喃念經，兩手盛符水擦著病體的頭額四肢。他好像第一次了解，我們確實是黃種人。正值壯年且日日勞動的弟弟，身體結實，脂肉豐潤，甚至沒有一塊疤痕。下肢好像公鹿腿，光潔無毛。

事前完全沒有徵兆，如常的一天，洗了澡吃過晚飯，在電視機前的沙發上猝然失去知覺，頹倒地上。就像電器突然插頭給拔掉。

好友母親講，換你來，和伊講話。

他握著弟弟的手，溫暖的，甚至有些微的汗氣。昨日，母親又講，正中晝，突然間全身發熱，顏面發紅，目珠仁一直轉，我看著真驚惶。母親坐下，盯著弟弟，一手放在護欄，一手握著弟弟的手，如此固執相信而且等待，有一日弟弟會回魂醒起。

晚上九點，遠遠一床的老媼斷氣了，護士安撫繞床舉哀的一掛家屬，你們跟阿嬤講話，聽力是最後消失的，阿嬤還聽得到。家屬連喚阿母阿母。趕來的道士，兩撇老鼠鬚，敲著引磬非常清脆。

好友以為死亡加上引磬聲會讓一病房沉睡的病體驚醒呢。

好友弟弟眼睛微微綻開一線，爛泥河灘上靜止詐睡的鱷魚；氧氣罩裡

他的呼氣化成了白霧。好友沮喪轉述醫師的話，不敢說會昏睡多久，但也不能說不會醒過來。新死的老嫗屍體被推著離開，好友突然趴在弟弟身上，護著他頭臉，防止跟死體或有任何的接觸。他母親交待的，小心煞到。

日後好友自己說，那一趴真像老電影裡梁山伯的新墳裂開，一身縞素的祝英台挺身撲向梁兄哥。

兩人留守到半夜，疑慮老嫗的亡靈尚未離去。頭頂日光燈管嗤嗤響一閃一閃似欲爆裂。

醫院大門隔著大路正對著一間大廟，廟門正上方嵌著一長條霓虹跑馬燈，紅燈藍燈交替跑。南方古城已經沉沉睡了，隱約有霧，是下盤巨大的夜獸，鼻孔噴氣，柏油路面因此濕漉漉。許多年前，有回大醉，番鴨似的在暗夜的大路跑著，什麼都不怕，熱躁得什麼束縛也不要，脫掉衣服長褲，還是覺得下體墜贅，狂笑起來，一心等著大卡車的車頭大燈輾過他們。

曾經弟弟在假日獨自去山上療養院探望當兵時的同梯，那年春天幾次

他企圖一頭捅入炭火熾旺的灶口，長年的精神衰弱與偏執焚燒著整個人，瘦成一根青色山蕉。同梯歷代為蕉農的祖輩有一位給徵召軍伕送去了南洋，他酥裂的嘴唇說，因為父親過繼給那位祖輩，遂暝夢中飄洋過海來哀怨託付，好多好多年了走不出濕氣如覆蓋著九斤棉被的膠林，濕氣都要將龍骨浸爛了，星空如滾水，他服苦役的機場，壓土機的鐵筒碾碎人骨嗶嗶剝剝呢，河岸的女人都是魚蝦腐爛的味道，每一暝的河水聲不同，畫出的水紋也不同。

同梯哀求弟弟去市區老街找一間矮小破敗、易被誤認為公廁的烈士廟，一牆放大黑白照，上香祭禱英靈幫忙那流落南洋受苦的祖輩。同梯痟得條理分明，弟弟嘿笑強調，唯有那兩粒目珠灼灼燒燙著，若在尋找目標要將那痟火傳播出去。

同梯說好想吃一碗澆上色素糖漿的冰啊，或一碗魚羹，得多淋黑醋，但下山經過百年前赤腳盤辮的先人抗暴狙擊的現場而今闢為煙塵滾滾的一條大路，市區老屋改成大走懷舊風裝潢的民宿，殖民者留下的公共建物罩上一層鐵皮棚子說是要修復，結果是糊上大片水泥；一心堅持古早

味的食肆給整合成一長條東洋味的商店廊道，一路插著片假名的店招旗子，假日之外的時日只有尿臊味的黃太陽，店家潑出一大盆水如同千萬片的碎鏡渣。

古城不死，只是日漸變新。

他懷念昔年在城郊服兵役時，古城的街道還沒拓寬，老樹還沒砍伐，古蹟無人在乎，城中還沒積極建設，野草大樹亂長，休假日他騎著腳踏車在鋪著百年石板的巷弄裡亂鑽，處處曝曬著一竹竿衫褲、花鳥被單，保麗龍盒種著粉紅的日日春，或亂亂一大捧的九重葛，曬太陽的老人瞇眼而嘴裡的金牙鑠亮。日後被列為一級或三級古蹟的燻黑老廟，夾擠在民房裡共爨著油煙，神明住在民間，夜夜聽得到凡人鄰居的夢話或燕好。

古廟門檻很高，兩壁掛滿了匾額，幾個學童背著書包抄捷徑跑著穿過廟殿，書包裡的便當盒哐啷哐啷；廊廡下傍牆是軀幹空心的七爺八爺，還是很嚇人，「肅靜」、「迴避」的紅漆木牌又讓人以為是道具倉庫。禿頭廟公赤膊赤腳靠著一大疊金紙睡死了。他翻著一張張薄膜的籤詩，

不論上籤下籤，每一句讀來都是好句子。

就讓我這樣老死在南方古城吧。

供桌上桃紅色糕餅，地上長條塑膠跪墊氧化龜裂，彷彿一直有個信女跪著那裡合十喃喃地懇求著，觀者為之心碎。側門只容一人的寬度，照進的日頭明亮了百年的石板地，出去走兩步是屋簷低矮的民家，水龍頭下浸著一鋁盆的青蔥，屋內收音機裡賣藥的男人，很有磁性的江湖氣口。

他還喜歡爻桮落地的咔噠，以及洗籤桶的聲音。

等到落日時刻，天光軟化，整座古城罩在蒼茫裡，好像驟然老去了一百歲，沒有對象的思念拖得很長很長，慢慢騎著腳踏車，就讓我化為一個個再不能分割的粒子化進古城的空間吧。

好友的家，樓上樓下，並蒂的兩朵花；乾燥的日子天天雷同，烘輕了軀體，懶洋洋。好友母親過午不食，自然也不下廚，走去黃昏市集買回幾塑膠袋的便菜，盤裡一倒就是一頓晚飯，靜靜坐一旁看一家人進食，像一尊灶神。她上樓來在床墊下為他塞了一張新求的符籙。

早上他去了附近菜市場，放山雞擠在生鏽鐵籠裡拍翅，婦人路邊攤開一張塑膠布，一堆一堆羅列才摘揀來布滿瘢痕的蔬果，他買了波羅蜜一盒像外太空異形的卵。好友弟弟見了他當是客人，木訥垂頭，不敢看人。好友說過，弟弟右腳六隻腳趾，增生的一趾沒長全如一粒贅肉；鳳點頭，幼時母親帶去看一位通靈人得到這樣的好話，母親就笑了。

屋後廊簷下掛著一排鳥籠，弟弟迷養鳥，每日為了日照、換水與倒飼料，仰臉持一隻桿子移位鳥籠，天光繖狀，照出他的專注、細膩。鳥的彩羽因為跳躍成了自由的色塊。母親的憂慮也是直到一日聽廣播講古，孔子公的囝婿、也是一位賢人懂鳥語才放心。

然而弟弟急於讓鳥兒說話，手掌捏著顫抖的鳥軀，扳開鳥喙，拉出筆劃一捺般的鳥舌，利剪修圓了，幾滴細血或是剪下的舌肉濺在手臂上。那麼是鳥鳴引好友弟弟來的？幾個月前，左邊的鄰居在露台鐵窗上養了一籠兩隻鳥，每天早上脆亮的叫聲啄著他一夜怪夢而紊亂的腦神經，似乎尖尖的鳥嘴將它們一一排序整齊了，讓他醒來神清氣爽。與他一起注視著籠鳥的是雨遮上的一隻白臉貓，瞳孔一線天。

大門上一方水泥塊，茂盛長著野草與蘆薈，是白臉貓的據點。

天起了涼風，白臉貓以肉墊在牠的王國行走。

客廳桌上一層每日薄薄的塵沙。

他出門一趟，中途進咖啡館歇息，碎步來了四個老先生，三個拄枴杖、兩個戴助聽器，提起一老友，四人嘖嘖嘖那個那個誰嘛，呼之欲出就是想不起名字，隨即斷電白頭一低，都盹著了。能夠輕易入睡真是一宗幸福啊。

深夜，鳥籠罩上一塊黑布，好友弟弟在廚房紗門前側耳聽另一戶的聲音劇場。那年輕女聲，半年前是可憐小女人，抽噎著撒嬌，你聽我說，你聽我說，我不是故意要瞞你，我只是怕你生氣，我原本想找機會告訴你的，我真的不是故意的，你不要生氣，我對不起，好不好，好不好。我可以解釋，你聽完再決定要不要生氣，事情絕對不是你想的那樣。

對方不開口，二頭肌發達的手臂攫起她，隨即女聲破了洞的風囊般嗯哼著，斷續的是性事中才有的聲音。他沒有辦法不聽，不禁臉紅了，肚臍下泛起了一股難抑的熱潮。

今夜女聲大變：「你不是人。你還是人嗎？我半年前流產到現在，你有表示過一點點關心跟疼惜嗎？你沒有一點點責任嗎？我流產後得了憂鬱症，我睡不好、吃不好，對什麼都提不起勁，兩隻手連端碗拿筷子都會發抖，難道是我的錯？你跟朋友抱怨，嫌我躺在床上像一條死魚，說好像在幹一塊死豬肉，你以為我不知道。流掉的小孩那麼無辜，頭髮都長出來了，一條小生命，你居然也跟你那些狐群狗友說像鴨仔蛋。鴨仔蛋。我的心好痛。」女聲再變，嘶喊：「我瞎了眼才看上你，是我瞎了狗眼，我的心好痛。喔我的心。我詛咒你，我詛咒你下輩子是女人，命運比我慘一百倍一千倍的女人。」

弟弟沉睡在南方古城的輝煌裡，每一天的日頭像尖尖一碗冒著蒸氣的白米飯。

如此一個親人陷入睡眠迷宮的每一天，對一家人形同拔河賽，唯有弟婦拒絕加入。正午，她戴上黑袖套，撐黑傘，騎摩托車上街如同分開火

海，去大賣場買一箱特價的細饈，搬進自己房間；夜晚橫在床上看著電視不時咯咯笑將一箱零食吃完。假日全家回舊厝陪弟弟，弟婦臭臉進廁所對著鏡子好像咳痰，「好好一個假日去和一個勿搷勿動的活死人對相看，看啥意思。」好友握拳狠狠敲了廁所門。弟婦回應，誰人啊，是欲放屎？

他拒聽好友數落弟婦的罪狀，偷吃兒女的早餐，換洗衫褲積到發霉長蟲；迷看卡通，出神跌進電視螢幕裡了，不知道才學走路的兒子開了門一顛一顛跑向馬路，路人代為拎起扔回屋裡，她嘻嘻笑罵兒子，你很皮呢。還笑。弟弟昏迷之後，不見她掉淚哀傷過。母親搖頭講，心臟真強。母親命令，換你；弟婦抓著病床護欄，呼喚弟弟名字好像試唱發音，啊～喂，啊～喂，中氣飽足。好友憂憤，咬牙，啐，閉嘴，給我閉嘴！

接到百貨公司的週年慶廣告目錄，好友堅持看到弟婦是這樣的，兩手穿了黑袖套，戴鴨嘴遮陽帽，下身一層層綴花的蛋糕裙，牽了戰馬，哼著我身騎白馬走三關，改換素衣回中原，單人獨騎衝進沸水般的日光大

道。

至於母親。二樓供著祖先牌位的臨街前廳，最早是妹妹唯恐紫外線黑了她肌膚，窗戶黏上報紙封了，報紙曬黃了，再牽一條繩索掛了一片黑布擋光。完全像貧民窟。母親坐在昏暗裡，無聲偷哭。好友不喜歡那樣將受苦戲劇化，假裝沒看見。

烈日獨裁的南方，人人都是沒有出路的囚犯，但有家庭生活這台絞肉機、刑具伺候，最後有幸骨灰還可以撒菜園當肥料。

就讓我老死在南方古城吧，起碼它有無盡的太陽光。

至於妹妹妹夫，帶著一台電子琴跐跐走業餘演出，只要有人邀請湊熱鬧，紅白事都去，再帶回一肚子的怪力亂神、藥草偏方，將那些死去活來的例子一張張明牌般攤在桌上，逼著父親趕快下注。父親溫良，為難地窘紅了臉頸。也要人，也要神，夫婦倆講。父親跟著喃喃講，神，神。突然發現父親兩腳穿了嶄新的白色塑膠拖鞋，非常怪異。來日若羽化登仙或遭外星人擄走，就遺蛻那雙膠鞋。

妹妹妹夫久久才來一趟探視弟弟，兩人病床旁幾分鐘便互使眼色急著

離開，恐怕過上了衰氣。一次經過占據半邊馬路的塑膠棚，喇叭音量令人躁狂，夫婦倆和在酒席裡，像抹了一臉胭脂，好愉快的談笑著。很快，妹妹來哭訴，妹夫趁她不在帶了一個拉胡琴的女人回家。好友冷淡回應，離婚嘛。妹妹抽噎了下，不哭了。

好友要他注意父親兩隻手臂，年幼開始做工，肌肉結實，弟弟出事後兩臂開始皮膚病變長出一大塊白斑，斑塊上無有一根毛，每次看總覺它改變了形狀。

母親按摩著弟弟的手臂，捋著一根根手指，幫助血液循環，她喚著弟弟的名，字尾拖長助音，也、喔，很古雅的音韻。

昏迷後第一百天，應該是貓，不知於哪時從哪裡潛進竄上，將一排籠鳥抓得死傷殆半，血腥氣如花香。瀕死的鳥仰臥，鳥爪收斂，鳥眼半閉，他找不出致命傷，順著牠腹部的羽毛，當是哄睡。拿來弟弟的毛巾包起鳥屍，發現無處埋葬，帶了鏟子，走了十幾分鐘有一社區公園，樹叢下挖洞埋了。

後門口水溝邊的日日春開得茂盛。

兩張鐵皮桌子合併起來食晚頓時，天還光亮，左右兩條馬路轟轟的車聲如瀑音，這個家彷彿激流中的孤島。母親照常從黃昏市場拎來幾個塑膠袋，盤中一倒，隱身屋角坐著當灶神，對面跨兩層樓的霓虹招牌亮了，青藍，紫紅。弟婦嘴裡含著一口飯，盯著馬路而出神，妹夫夾了一碗菜，駝背端著去找隔壁鄰居。只有父親挺直背脊坐穩了，眼觀碗，碗就口，將食飯當正事。

所以是南方古城包容也庇蔭了全家吧。弟婦因機械化的嚼食而牽動臉頰，是汗滴下來，手一拭，低頭，稀淡的眉毛，兩腳岔開，身軀肉盪盪，那癡騃樣子他突然非常同情。

弟婦唯一做得好的一事，飯後削切一大盤水果端來放桌上，隨即退後，遠遠離開同心圓的一家人，永遠不同姓氏的外人。以前娘家的人還肯來，後門悄悄來去。母親氣憤，傳出去以為我苦毒伊。妹妹妹夫火上加油，不定是來偷扐錢的，妹夫又加註，人、親戚；錢、性命。

每晚固定這時候，父親一個親戚的後生開著小貨車來收廚餘。白淨精瘦，門口探頭叫叔也嬸也，臉就紅了。母親倒一杯燒茶與他。這晚他扛

一袋新米來，父親覷覷空氣中那日頭曝充足的清芳。母親嘆氣，惋惜這親戚後輩，無話無句，亦無菸無酒，肯做，就是無娶。

他走到騎樓，小貨車切入車流霎時不見。整條大路浴在霓虹燈光與排氣管噴出的烏煙裡，天氣溫暖，混淆了季節感，失去真實感，煙塵漫漫，他陷於蒼茫，迷失了方向，必然有著日復一日的苦澀吧。時間與車流同步，一齊流逝。他調整視線的角度，假設自己是那古老行業的廚餘收集人，他是要加入還是背向這一切？

久遠以前，他記得有戴斗笠肩著扁擔沿戶賣布賣蜂蜜賣水雞的。久遠以後，那時他不存在了，據說未來汽車升到半空，昆蟲般飛行。那時候，將會有一艘滿載幸福的黃金大船破空駛來。

弟弟婚禮前好幾日，父母親雙方的親戚好像蟻隊一個接一個來，叫不完的姑婆姨婆、舅公叔公妗婆、阿兄阿嫂。大家擠到新房門口，母親大聲，肖虎的毋好入去，眠床毋好坐喔。好友應，迷信。母親亦應，你讀冊人喔，古早禮，寧可信其有。母親擋下親戚的質問，小弟先娶喔，「大漢的我要留著作寶。」新房裡，新鋪的木地板，新買的大床鋪著牡

丹盛開的新被。弟弟有些臉紅站在房裡。

母親自己去買了一對白文鳥，裝在一個竹籠子，帶去給弟弟，鳥兒給曬得懨懨的。

街口搭起了大宮廟造醮的牌樓，貼著黃紙硃砂令符，宋體字「代天巡狩遶境平安」；拔掉消音器的摩托車飆在一個高頻音上如天外一顆流星下凡，劃開這一天的皮肉。

母親走進正午日色裡，開始了又一天白日夢的旅程。

好友找他上頂樓檢查水塔，彷彿燒夷彈炸過之後的一片水泥地濺著陳年與新鮮的鴿糞，沒有一株活的野草，一百公尺遠有個健壯年輕男子發神經只穿一條泳褲面朝水泥背朝天日光浴或曝屍，好像一隻感染病菌擱淺沙灘的海豚。

魚鱗雲之下，盡是鐵皮頂棚與單細胞分裂繁殖般的白鐵水塔，每一座燒著一個白太陽。放眼數十里，除了樓頂他們三人之外別無人影。

曝屍人仰頭瞄了一眼他們，伸手扭大收音機音量，開了水閘般一個熟悉的女性歌聲挑戰南國的天空：「為了你，我為了你，什麼都是為你。」

不談過去，不談回憶，幸福從現在起。珍惜時光，把握友誼，創造愛的園地。為了你，我為了你，我已忘掉自己。」

季風來自西南外海，吹拂整個平原，帶著那幸福歌聲和著普照的日頭，吹拂有如微縮膠卷的南方古城。

出門前，他發現多年前回去南方的好友唯一的弟弟在客廳沙發上，好像蒙塵許久的一件布偶。能夠好好睡覺，是件好事，他想，也羨慕。

這次遠行，他決定繞遠路，不急，慢慢地加快。

附近的中學從去年暑假開始整修，校舍外牆拉皮，運動場跑道翻新，圍牆一排高大的橡膠樹全數剷除換種了樹苗，頓時以前樹冠遮蔽的老公寓露出了破敗相。

另一邊幸運未被砍除的橡膠大樹隊伍由於葉子、氣根茂密，夜晚顯得鬼魅。固定來沒有照明的跑道運動的幾位歐巴桑歐力桑不論是赤腳啪啪啪鵝行鴨步，或是逆行後退跑的，都看似一縷縷健康遊魂。

跑道的橢圓核心平均兩個月剪一次草，想來是草葉血液的強烈腥甜味，有時還有太陽曬過的餿味，特別醒腦，他因此氣長可以多跑好幾圈。經過鴨蹼人，看清是個頭髮灰白、戴赤金耳鉤的矮婦人。錯身時，她點頭一笑，露出一口整齊的假牙。鴨蹼婦跟人自來熟，健談，大嗓門，聽她細數這區域的興衰、評比吃食店家的特色；早前這一帶好幾條圳溝溪水，兵營更多，沿這條街行去彼粒山頭是竹林也是夜總會、墓埔啦，少年時力頭足，時常上山挖竹筍，擔去賣阿兵哥。

有一晚，黃昏下過雨的跑道只有他與鴨蹼婦，卻不過她姑姨般的親切，他放慢速度等於是陪跑。她果然問結婚沒，話尾音韻上揚。他了解那是屬於前現代的人情味，敷衍回去。地上積水的薄光，橡膠樹看似花瓣的托葉脫落，像一小條絲綢。她一雙腳拍擊塑膠跑道啪噠啪噠，彷彿肉與肉的撞擊。

為了避開鴨蹼婦，他改變慢跑時間，一天放學時刻還是在三岔路口相遇，一口假牙笑得好開心。她拄著一隻竿子，看守趴在人行道的一頭肥碩的粉紅豬，是彼邊的巷內的神壇飼養的神豬，今日輪到我照顧，替伊

洗身軀足足用了一點鐘久，真殄；踙伊散步，大箍呆行無三分鐘就歇喘。僥就是僥，牽到北京還是僥。

鴨蹼婦講僥字，發音特別濁重。他因此跟著她趕著神豬慢慢走。一處社區公園，一半圈起鐵皮圍籬進行整建工程，園裡如同轟炸過，遍地挖破的水泥塊，中央的綠膿水池滿滿的遭棄養的小烏龜。大王椰子樹幹釘著告示，「小心落葉砸頭」。

鴨蹼婦嘆氣，無定這隻僥便是翁婿或者是大漢後生轉世投胎。持竿拍拍牠晃盪的腹肉。

他護送到一間敝舊大宅門口，彎腰施禮告別。苔牆裡有一排三棵高大的南洋杉。

如果鴨蹼婦是他的妻，兩人生養一二或者更多，最後兩人較量是誰先死去，無論如何，整體而言是一齣喜劇。

有一天，服兵役時的朋友帶著小兒子來訪。意思是來就讀的私校，宿

舍週末關閉，小兒子得來就近借宿。

小兒子複製了朋友年少時的模樣，父子坐在一起，彷彿他敲碎蛋殼，滑進油鍋裡的雙生蛋黃。

花了一天時間清理了屋子，斟酌著空出一張桌子當書桌，添了一盞桌燈，再將房間的頂燈換成瓦數較高的，才發覺冰箱是空的，考慮著是否去買兩瓶可樂又憎恨那只喝糖水與碳酸飲料不喝白開水的一代，他為何要妥協。「阿伯，」抽長中瘦高、腺體暢旺的十五、六歲男生，完滿的自我氣勢非常酷戾像刀刃。忌憚他是父輩吧，第一晚少年乖乖就著他布置的書桌讀書，兩耳塞上耳機，撐不了一小時便枕著手臂昏睡了。他拒絕回憶，回到自己少年時，對那些小公狗的好奇與妄想，那時以為他們有如宇宙的奧祕，一個小動作、一個眼神就讓他神魂顛倒，其中有一二慷慨給他的友誼皎若日光，現在的他們應早完成了繁殖任務，被摧折得再無一絲少年模樣了。

次日，他給了少年一份鑰匙。遞交，接手，唉，何其明顯的隱喻。觸手可及的少年，逆光，兩頰密生纖纖絨毛，肌膚透著新鮮的血色。他敗

走出門一白天，所見皆是荒煙蔓草。再返家，少年歪賴沙發裡，尚未晚餐，畢竟還是嗷嗷待哺的階段。帶少年外出去吃飯，一前一後，像拖著自己的年少屍骸。少年肉食動物又嘴刁，不碰蔬菜，食了兩口便臭臉，他跟著食不知味。

他並非對少年的世代以及他的世界沒有興趣，而是必須理性戒律，唯恐一不小心被誣為變童癖的老癡漢。剩下的夜晚，少年不得不回去書桌讀書，他也必須斂靜，兩人遂如同修道院的僧侶。夜半，少年亮燈熟睡了，長手長腳溢出床，頭胸冒著熱氣；那身體如同寶石綻放光澤，讓他看久了自會變成一堆石頭。

突然想起那則齷齪傳說，老人睡在純潔處女之間得以延年益壽。飼育，確實是好生之德的體現，兩代氣力精華的轉換。

清早，少年自己醒來，要趕回學校早自習。他簡單做了早餐，再塞了兩樣水果在少年書包裡，臉上終於有了些微羞赧的感激之情。在露台看少年走在朝陽裡，他吁了一口氣。屋裡留著少年的腺體氣味強烈，他決定了應該惱怒自己完整的生活如此遭干擾破壞。

一個月後，仗著這一股怒氣，他告訴朋友有遠行，恕不能再接待令公子。

早上，他站在窗邊看鄰居鐵窗裡的鳥籠，有一對翠綠豔黃的鸚鵡鳴叫，令人驚奇那不及拳頭大的鳥兒有那麼大的能量，叫得清脆嘹亮，讓聞者跟著好精神。

鸚鵡飼主，年輕的父親，早上負責送一對小兒女上學，兄妹好鬥，妹妹愛哭，鴨嗓母親吼著將三人趕下樓，砰一聲重擊關門；每日早晨皆是如此粉碎上帝的神話開始。

他知道自己有意延遲啟程。他重走一遍昨日的散步路線，來到鴨蹼婦住宅，那豬肝紅的大門嚴重朽爛，只消拳頭一挹就粉碎，他繞著白堊化的圍牆走一圈，院子的濕地松與麵包樹茂盛卻也顯得陰森，樹蔭覆罩著煉瓦屋頂如同潮濕黑泥，其下想必久久沒有人氣。交疊的幾層葉蔭偶爾因為風的攪亂，掉下日光碎片，引他想起恍惚才

是昨日，童年玩伴家一模一樣的場景，不同的是彼時以為那巨人般的大樹，樹葉掀動就是大海波濤，樹下一個下午，世上千年，童伴與他將麵包樹葉包在腳上，想像是雨林中的獵人。那個暑假，童伴與他共同搭蓋了一間好像狗窩只能塞進一人的小木屋，一次他在樹葉沙沙聲中醒來，發覺自己孤獨睡在那隨時會倒塌的小木屋中，整個院子黑沃沃的，散發著蘊藏著強烈繁殖力的微腐氣味；他看見一片麵包樹葉掉下來，看見一長列螞蟻慌急地傳遞消息，聽見角落老鼠的吱吱叫聲。他完全沉浸在一個人的巨大完整的喜悅中，像琥珀裡的一隻小昆蟲。

有時候以為自己從未自那個童年的小木屋的孤獨睡夢中醒來。

火車載他到了背山面海的小鎮，友人來接他，花布裙大風裡綻放，兩個小孩曬得黑亮。先到她姑婆家，姑婆笑哈哈下廚煎了一大盤菜頭粿，熱情勸食，直到他吃光了。粿是利用休耕田地栽種的小菜頭做的，非常鮮甜。姑婆帶他們到屋旁才犁過的田地，赤腳下到那翻出的黑泥，矮小

的身體有如一棵逢春的老樹。

雲層厚積，地面一片平曠，遠遠有一凹處好像人中，特別陰，是大山入口，她笑說，聽老輩講故事，那是一條千年巨蟒的嘴所幻化，夜晚左右各一盞紅燈就是蛇眼，誘惑人走入。

狹窄的山路進去有一塊肥沃的土地，山勢似雙手圈攏，冬暖夏涼，耕種的族人一個個漆黑晶亮的大眼，非常團結，老婦著黑布裙，黑巾纏頭，澄淨看著路過的人。之字形的山路爬升，山陰與向陽交替，再進入湧著雲霧的路段，稀薄時風一吹就消散，濃稠時車頂啪啪啪有雨點落下，突然看見直挺林木的枝葉涎掛著霜雪，有人大叫，霧淞。

來到埡口，太陽照著光禿禿的山壁，乾寒的山風颳走月亮星辰，所有的樹葉畏冷成為針狀。

那次高山頂短暫一次來去，當晚寄宿友人親戚孤立平野有如倉庫的家，屋旁空地兩排對立載砂石的卡車，車斗斜豎；鐵絲網大門鍊著兩條肌肉精實的黑狗，出門一小段路便接上直暢一條大路，柏油路面微微反光，寂靜緊貼著肌膚幾乎要摩擦生電了。

她熟悉小鎮所有的畸零人口，大路貫穿小鎮並與兩側山脈平行，他們一一循此走失或者車禍，完全滅絕了。最後一位，小鎮的人幫他辦了後事，嗩吶鼓吹送他最後一程，火化的青煙融入天空。

兩人在一起時的美好，譬如午後騎腳踏車在大路，那時有甚多餘的浪漫念頭，客運車下來一對外地的年輕男女，一臉下錯車的猶豫而且兩手空空沒有一件行李。兩人停下車，等著他們來問路。

經過做榻榻米、做棉被胎的老店，魚鱗板壁，低屋簷，老師傅背負著一把手汗澤潤得發亮的長弓，一手執木器敲弦彈棉花，弦音噹噹低沉彷彿夜深沉。然而烈日將兩人的影子捶得扁扁，聽說今年第三個熱帶氣壓即將成形為颱風向小鎮撲來，風助日勢，但是無人驚慌。兩人慢慢前行，看見一具沉重的石磨磨著米漿，浸泡了一日夜的米粒一勺帶水餵進磨眼，轉著木柄帶動石磨轉，溝槽流出乳白漿液，布袋承接，接滿了，放倒板凳上，大石再壓它一日夜。她說，石磨心，兩面不是人，祖母母親常講。繼續走，時間太多，過得太慢，又是一家矮屋簷的布店，靠牆

櫃子立著長方板片綑著的花布，罩著一條粗白布防西曬。店裡無人，桌上一隻電壺水滾了，唧唧冒著蒸氣。小時候跟隨母親來刃布，老闆娘的翁婿黑金臉膛兔唇，一雙沾泥的赤腳，瞇眼看她。一次覺得嘴裡異樣，鬆動了幾天下牙床的一顆乳牙掉了，她吐在手掌心捏著，記得回到家裡扔屋頂上。

如同掉牙那天，紫外線強盛，貫穿那日與這日。

兩人在光裡汗津津，有種決心像麥芽糖暘化了，短短一條大街，卻可以望得很遠，一大塊紡錘雲絮下端應是沾著大海。

兩人對坐一下午，看著彼此是這一天的陌生人。

而這一天像金箔的延展。

鎮上唯一的小學旁一塊空地每週逢單日有夜市，颱風前夕，不時鼓出一波大風好像待產婦人的大肚來碰觸。圍牆的大樹集體嘩嘩搖晃，幾張塑膠篷劈啪響，來逛的人稀少，也不見店家有憂色。一個猿猴似的男子丟壘球集分兌獎，投中標靶時鐵片便吭的脆亮一聲，中不中都無所謂，更像一齣展示決心的默劇。有一攤主賣二手衣的古物商，一長匣木盤都

是古舊淘汰的物件，一盞黃燈使人疑心長了眼翳，最多的是卡式錄音帶，堆成一小山的佛珠，老闆瘦削蹲在疊著的幾大包物事上如同一隻烏鴉，目光炬亮，守著的全是他環島從家戶垃圾整理出來的廢棄。一個大鐵鍋的油始終燒不熱，圍著的零落食客昏暗臉上有一些釉光，整個市集好像夜暗給鑿出的一個窠巢，來的人就是迷途遲歸的夜蟲。兩人繞了幾圈，終於聽圍牆大樹有一條枝幹大聲地被強風撕裂了。

此後有風颳了起來，好清涼舒服。

返家夜路兩旁都是野草或藤蔓覆蓋，如中了魔咒在睡夢裡快速繁殖。

到處有筆挺的檳榔樹。

那晚，她低抑著說應該是生理時鐘引發的本能反應吧，現在看到幼嬰，不能控制的胸臆騷亂，兩眼立即泛滿了淚水，很想抱過來。那神祕的生之慾提醒，臨界生育的最後階段了，再不就永遠不會有了。之後的夜都是大風流淌在兩人之間，牆角有隻壁虎嘎嘎叫響。

照常每年或路過或專程來，如同以往，他小鎮裡外無目的行走，感覺像回來了。

友人帶他參加一個聚會，隔著一層活動拉門，大廳另一邊舉行婚禮，幾隻大喇叭轟得耳朵嗡嗡響，拉門的縫隙裡一個男人一隻眼睛斜視。餐後到了戶外，綠草地上的白色飯店是輪船首的外型，隔著濱海公路對著水汽濛濛的海平面。

那個男人過來與友人打招呼，右臉不自主的不時抽搐，吊起了嘴角致使說話含糊。她解釋男人數月前意外輾死了一隻黑貓，幾日後走在市區僻靜路上，突然迎面一陣腥臭的風，男人猝然昏倒，半邊臉磕在洗石子花台，醒來時知道自己靜靜躺了一下午。男人獨居，一棟有愛染桂棚架的透天厝收拾得好整潔，她幫他辦了醫療理賠，載他看病，也載他去找靈媒當作是心理治療。

她認識小鎮好多這樣的人，在一己的日常裡召喚鬼神深耕生活。

氣根垂地的大樹下有一攤賣油炸物，大鼎的油沸騰翻滾著銀浪，桌子擺在街道，天光遲遲不收，攤在桌上像一張白紙，踩腳踏車騎機車來的耐心排隊，聽著油鍋滾沸如同雨聲，婦人有個習慣，焦黑的長箸不時在鼎邊敲兩下。一天快要結束，在平淡無奇的日子提煉出的是最後的光與

影。

友人說，某處山腰上可以俯瞰整個小鎮。因此，當他立在那裡，頭上是開花的檳榔樹，有一簇嗡嗡響是蜂群，小鎮在他腳下緩緩展開，屋舍建物不多，柏油路面也不多，水田與池塘映著天光如一層膜，不聞人聲，只有當火車遵照時刻表悄悄駛過帶動了時間，牽曳了雲影，給了地上一個瞌睡長度的夢。

他覺得像蟬蛻殼，可以離開了，回程經過一條清澈的野溪，一灣淺水幾個孩童在泅耍，大而無邪的黑眼珠映著天光雲影，皮膚發亮宛如海豚，不認生向他招手、大叫。

大門鑰匙藏在花盆的含羞草叢裡。屋後是消波塊圍堵的海，一塊狹窄港灣，日光下安靜蒸發著。小時候暑天，沒有消波塊，友人與童伴在那裡玩投炸彈的遊戲，只穿一條短褲，偷窺彼此平坦的胸。

上一個冬天，他提前一個陌生小站下車，走遍被鐵軌分為兩半的鄉

鎮，軌道旁堆棧著枕木不知多久了，成了冒著好聞腐味的廢棄，縫隙竄長出葉片手掌大的翠綠植物，一大片到腰部。他亂走，一條幾近乾涸的河，偃臥一大叢竹子，以前都是在火車裡隔著玻璃窗一閃而過，印象深刻的是炫光中有位黝黑粗壯的婦人抱著孩子看著列車期待什麼的樣子，不論寒暑，一件薄薄的連衣裙：故事不死，她等待著永遠遲歸的翁婿。

草木焚燒的香氣誘導他前行，一片瀰漫白煙的果園，每顆樹的樹幹被繩索捆縛，另一端拉扯綁在地樁，壓制果樹不長高。煙霧裡有狗吠與人聲，有一對特別晶亮的眼睛。他好像古時候白天海上也可以看見星星的水手。

小鄉鎮好怡人，空氣清新，沒有一個人他認識，枝幹條達的樹上有一個鳥巢，黃昏後沿著淳藍的海岸線走，像是捧著自己的頭顱。

半夜下雨了，淋濕了海灣，窗玻璃稠稠的水氣，友人在樓下走動的聲響如同昆蟲的翅翼摩擦。

那細微聲在隨後的睡夢裡成了海潮，出現了一隻海豚一躍一躍點頭，他在岸邊徬徨，海豚跳上岸變成友人指著遠方的岬角，之後兩人擁抱，

她張開的嘴一半是金牙。他覺察尿意飽漲，醒來，夜夢像是厚厚的灰燼覆蓋了一身。

他屋前後除野草，葉刃在手臂割出數條血痕；廚餘集中放一個塑膠桶做堆肥；海面閃亮了一下午，他督導兩個小孩寫字，鉛筆用力刻出一筆一劃在日光下也閃閃發亮。

客廳廚廁有友人的女性好友去諸多古文明遺跡旅行一路寄來的明信片照片與帶回的紀念物，一個陶盤盛著足跡所經之地揀來的石頭，愛好旅行的人的某種儀式，想到了便彎下腰隨意撿起一顆小石子帶回來。女性好友英氣，照片裡脂粉不施，總是穿著格子襯衫牛仔褲。夜晚，友人拿著手電筒帶他到屋後的海灣，海水到此氣力全消，柔順貼上消波塊聽覺上像是一個吻。她搖晃一束光照著岸壁的海蟑螂，海味很重，關掉手電筒，感覺只有他們兩人，如同來到了盡頭。

回到向陽的海邊房屋，海平線上開始閃電，那讓心跳停止的威嚇瞬間，電的青光鞭了整棟屋子如同荒野，記憶空白。他們呼吸著閃電後特別新鮮帶著甜味的空氣。的確如此，認識彷彿才是昨天的事，想說卻說

不出各自生命中難以忘懷的事，告別既漫長又短促，時針指向窗外的海，無比清醒的夢幻時候，他們毫不憂煩。

她送他搭火車離去。形同荒廢的小站靜悄悄，偶有一個候車者坐在塑膠椅上不知等候了多久傾斜著頭盹著了還是心跳停止了；長滿了野草、柵欄黃鏽、塑膠燈殼氧化碎裂並且瓷磚泰半剝落的月台，後方一片綠莽莽的麵包樹，碩大沉甸的果實像是一隊雨林女戰士奶水充足的乳房。不論何時，霧靄作祟，彷彿進入時間澀滯的霧區，鐵欄杆掛著口水般的水滴，雞啼喔喔喔不管什麼時段的孤獨叫著，輪胎盆栽裡的日日春獨自紅著，突然有一人拖著行李箱，輪子轂轂滾。寂靜是一層厚厚的膜，裹住整個月台好像一個膠囊，離去或回來便是一生一世的事情。

他們知道，焦褐的鐵軌向遠方延伸十分鐘後低於地面，軌道變成一條壕溝，未及一分鐘再鑽出來，就會有另一個一模一樣但報廢了的小站，水泥建物傾塌，還在的站名古色古香。兩人有默契不往那裡去，順著鐵軌望著另一方向，天地廣闊，他們以為看見了地表的盡頭。戴大盤帽、白襯衫西裝褲的站長看似與父親同輩穿過鐵軌跨上月台，一路拓下濕漉

漉的腳印，來與兩人站立一起。他們一同看見遠方的天空下緣擦出一點光，慢慢出現車頭像是致命的砲彈，心裡終於沸騰起惆悵的酸水，那期待的幾十秒鐘拉得很長，友人握住他的手。然而列車猛烈地衝過去，像一個偈，像一串咒語，過站不停，車廂裡的人影是沒有選擇前往投胎的新鬼，友人的花布裙與頭髮被颳起包住他纏住他，似乎也在一瞬間列車颳走了霧靄，沒有污染的日光一下子煌煌照在臉上身上，兩人都以為時間逆轉，這是回來的重聚而不是離別，暖洋洋的新鮮感讓他們以為剛才在列車掀起的暴風裡，兩人是命運相綰的連體嬰，不管如何短暫，那是幸福的深沉滋味。

日光直射，好友母親準確複製了前一天，在相同的時間出門。

每一天，出門前，伊得等到香爐裡的柱香燒盡。供桌前是三年前弟弟猝然昏倒的所在，母親相信弟弟的魂魄有一部分落陷那裡。伊坐在沙發上，受苦的樣子，手轉著念珠，盯著那一塊洗石子地出神，像瞪著一個

黑洞。母親背著好友求遍伊所能探聽到的神鬼，捧著一碗白飯在臨暗的巷弄像乞食。他撞見過一個所謂的通靈者，騎摩托車正要離去，好大的墨鏡下兩片厚唇，嘴角涎著檳榔汁。他瞬間看到弟弟貼在那人背後，臉色蒼白如僵蠶。那是許多年前幼時的弟弟高燒數日不退，母親背著熱烘烘的昏沉病體去求醫的印象殘餘。

服兵役時同梯識得一通靈人，建議清掉家中放置多年的舊物，尤其床下與門後莫堵塞。他首次以旁人的眼睛看出住家如同資源回收場。古物出土，挖出一袋舊硬幣，一個織錦荷包有黃澄澄的金鍊手鍊，當年以為出了家賊，母親要他們兄妹舉香在供桌前詛咒；弟弟的整組遙控汽車玩具，一套銀灰西裝像小丑服，他不願承認是自己發神經偷買的。一疊母親少女時照片，穿著連身泳衣，沙灘上擺著妖嬌的美人魚姿勢，竟然曾經如此年輕。更有一鐵盒他與某人的舊信，化合香水還是嗆鼻，才看兩行他窘怯不敢再看。

母親念經，屋裡晦暗，弟婦與妹妹仿效洗衣店將衣服一竿一竿掛客廳半空，兩人也防堵紫外線，臨街玻璃窗糊上報紙，一次被魚腥誘進的野

貓要逃出去，狂亂竄跳抓著玻璃，貓身拉長是一整條柔韌的肌肉。弟弟一手抱著兒子，一手握著掃帚，笑說，貓肉一定很好食，不輸放山雞。

夜飆跑車的車頭燈戳照進來，赫然照亮一屋的衣屍，母親感嘆，可憐喔觀音媽三更暝半像犯人照大燈酷刑。也是那些日子，晚飯後弟弟逗弄學走路的兒子，蛙狀趴在地上，翹著屁股，手掌擊地，喊，過來，走過來。母親溢著笑意坐在沙發看著。

屋後有廟，廟後有興旺的菜市場，廟前夜晚有熱炒攤販，圍繞著古城這一帶的人口，生來死去，死去活來。父母親都是天微微亮便醒。

好友盯著母親走遠、有乾枯之虞的身形。一條柏油大路，兩側卻留著一窄條的碎石子，斜對面一整排食攤，上午攤前東曬，下午攤後西曬，正中晝時，他恍惚看見日光旅鼠般奔跑投進勾芡的一大鍋咕嚕著氣泡。母親每一間店都熟識，不烹飪的伊長年來交關，亭腳停著一台爍亮的寶藍新型機車，坐著賣碗粿的後生，抖腳大口吃著一根香蕉，恨恨瞪著路過的人。少年舊年底出車禍，摔壞了半張面，肋骨斷了好幾根。母親常常褒這少年一表人材又勤奮肯做，掌廚時一領雪白背心貼著鼓實的胸

背，兩道劍眉。母親跟少年的母親講起，肯定是另一頭街口的廟寺擴建破壞了風水招來煞氣，兩人握住了彼此勞動了一輩子的手，胸坎起伏卻煞嘴無法再講。母親同時悲憤想著大宮廟翻新時捐錢做了功德，跟翁婿的名字雙雙鐫刻石壁上，鬆了金漆，安爾做無夠麼？

舊年是大宮廟十年一次造醮，母親等到暗時決定代替弟弟去看鬧熱，弟弟最愛看了。海口的風將天色掃成蓮青，宮前空地鐵絲網箍一大圈燒金紙，伊細漢時的玩伴、獨身的羅漢腳持一支青竹篙翻攪那火海，燒成灰了，紙形猶在，拳頭大的竹篙烘出油，大聲嘩，海底摸針！羅漢腳像在戲台上龍行虎步，雙手掌篙一撥，死灰裡竄出火燄如花盛開，隨開隨謝。開來兩輛卡車如機械甲蟲，司機揿著按鈕，車後伸出舞台，孔雀開屏的霓虹管，兩個少女一身精肉好像蚌肉爬著鋼管，倒頭栽，岔開兩條大腿，膣戻朝天，有人嘩叫。伊生氣了，如此對神明不敬，無人管教。伊找到總幹事，跟翁婿是好友，對方在硝煙裡完全聽無伊講話，卻捧來一個粉紅塑膠碗盛滿滿的甜湯予伊。

放煙火，一蓬一蓬銀白大雨落下，伊驚惶硝煙雲霧裡隱隱約約是死去

的親人一大陣，者甫祖、者媄祖，二妗，五叔，大姨婆囝子，阿嬸雙手抱著伊寶貝的一隻雞公，突然將雞公交予伊，伊鼻到古早的寒冷氣味，正月透早幫浦水淋到腳盤，竈腳窗外的日日春的可憐顏色。回來後，母親耳聾了幾天。伊形容給好友，彼晚伊落入音響、色彩的油鼎。

經過舊厝的公車一點鐘一班，母親落車，遠遠看見弟弟龜在厝簷下陰影裡的輪椅上，頭戴帽簷猩紅的棒球帽，腳套草綠襪子，身上蓋著開滿牡丹的薄被，因而面色紅艷艷。母親不滿，罵是悾了麼，讓弟弟穿成彼樣？等抓起弟弟的手，又問，你會寒麼？好像弟弟是三伏天的一塊冰。

離開醫院回舊厝之前，弟弟短暫住過養護中心，母親每晚做噩夢，大廳內所有病患自一鼎滾滾烏油撈起，佝龜，目珠仁脫眶，喙唇外翻，瘸手，長短腳，一跛一跛來討食，伊非常驚惶，看見弟弟真規矩倒在鐵床上，喙角浮著一抹淺笑。

母親督促好友製作一張日課表給外傭，每日照時辰量體溫血壓，翻身拍背、按摩腳手，餵食，擦澡，還有大小便的分量色澤，做一項記錄一

項；一天一張表，三十天訂成一本，跟曆書符籙放一起，已經壘成一疊。當初仲介保證，外傭在家鄉有一個才三歲的後生，照顧幼嬰的經驗豐富。母親聽了，閉目，感覺殘忍。然而弟弟確實在外傭細膩看顧下，一日一日面色紅潤。

母親不願意弟弟日時睏太多，輕拍他的面頰，搖著他的手，跟他講話，無話就喚他的名，咿喔、咿喔，彷彿吟誦古調。

一隻粉白蛺從花圃飛過來。

當母親靜止、陷入夢幻般的時候，他以為看見了一張圖，弟弟躺在繁花盛開的春日草坡，春睏？母親叫喚，欲牽起他。他好希望時光就此停駐。

稍後，母親與外傭將弟弟推入屋內，搬上可起伏調整的鐵床。屋後有絲瓜覆蓋滿了一竹棚，綠光溢進窗裡。按照日表行程，鐵床上的弟弟赤裸了，扭著一個女性化的嫵媚姿勢，腰臀下原本包著的白色紙尿褲敞開如雨林的食人花，臭得發香，那性器就像一根沾滿花粉的蕊棒，母親與外傭分別從兩側拉扯花瓣，現出蒼蠅頭鮮綠色的糞便，兩雌性審視著好

像是一坨聖物，遂成犄角局勢，互相比劃手語，大大點頭，張嘴咿呀讚嘆。母親快手抓了一把貪婪地吃了起來。

好友痛恨做了這樣的夢。

一個似乎也發生在夢世界的事，婚後兩個多月，一晚，弟弟來他房間，想必心裡有話。他猜是跟弟婦不愉快。愛整潔的天性幫他收拾了蕪亂的屋內，修好故障已久的立燈。很難解釋與弟弟的感情，以前同梯來信，兩人一齊看，不發問不評論，他也從不問弟弟你看到了什麼？回信也是弟弟拿去寄，信更是他善後收在一小鐵盒。他打破悶局問，都習慣？弟弟垂眼搖搖頭。一度弟弟迷上遙控飛機，晚飯後就著飯桌拆解保養機械，有如一頭潛入海底。

那是來自遠古的召喚，深藏記憶的底層，上古之人偶遇一雌性，歡好時為提防野獸或敵人自背後偷襲，必須警覺，縮短過程。繁殖的任務既然完成，洞窟容或溫暖安逸，食物存量日漸少了，而部落雄性得團結去漁獵冒險的呼喚一日比一日大聲。那時候，沒有什麼足以牽制他離開洞穴的人與事。經過不可考的長久時間之後，他回來，又過了若干年月，

與女子先後死去，兩人繁衍的後代於是供奉兩人，成為墓穴壁上的畫，手牽手，下身交纏，兩人四周環著太陽月亮與星辰。

永恆的春天與夏天，舊厝前充當庭園的角落擺滿了母親的草木盆花，密集的綠葉下有腐爛的紅番茄，筆直木瓜樹上結著石頭般的果實，有時飛出粉白蛺。黑裡俏的外傭有一頭豐盛且粗硬的黑髮，紮成一條麻繩粗辮子，有時偷懶溜去逛大宮廟，穿過人家的灶腳或大廳也不知道，坐在台階上逗一隻肥胖花貓，趹舌著她的母語；每週自己煮一鍋咖哩，異國香味引來厝邊阿婆拄著枴杖來問是啥物，從此煮好便端一大碗送過去，阿婆食了歡喜，回送水果或自己種的菜。忽然一暝阿婆老死，入夢來討咖哩，外傭驚惶抓著母親嘰呱脆亮問怎麼辦怎麼辦？母親笑，帶外傭端一碗咖哩放在阿婆靈前。

習慣了外傭的撫摸按摩，她離開太久，弟弟便發出不安的氣息。外傭開懷笑時兩頰有酒渦，鄉人通報說她輪椅推著弟弟去宮廟前赴四五個老者甫人泡茶的邀約，笑聲如節慶鞭炮，下一次她便隻身前往。黃昏鳥陣啄過天色，外傭奔跑回來，進屋時險些絆倒。後面追趕的男人事後在宮

廟前開講，昏暗屋裡突然鑽出蠶白人頭，一對牛目；幹，好佳哉有閃過，竟然向我擲屎。

指日可待，在弟弟醒來之前，老輩全數凋零，下輩逃離，這村將十室九空。

好友覺得不失為一個好結局，歸還野草與蟲蟻鳥獸。

例行去醫院換鼻胃管，好友請同梯幫忙。車走新開闢的海邊公路，路面平坦無一坑疤，分隔線雪白，明示駛往一個新世界。是因為海岸的強烈氣味，還是窗玻璃上晴天的光亮，弟弟看起來微笑著，瞳仁裡有暗礁。假如有一天弟弟在日影裡終於驚醒，理所當然他要怒問到底發生了什麼事？今日是幾年幾月幾日？我睡了好久好久啊。

是有一天，同梯突然來訪。那日那時，好友遠遠就看見了同梯穿過車流走來，第一句話，你家都還在。

日暮，好友帶久別重聚的同梯橫過公路去海灘，大海殉死於自己的包容量，不長的灘岸全是累積經年海浪打上來的漂流垃圾，海色晦暗，海浪疲乏無力，兩人甚覺顢頇。他不是懷舊，沒有感傷，也不是想念並不

很久以前那個赤裸泡在海水一身黑亮如豚的同梯，而是認清兩人再也沒有昇華眼中世界的力量，年輕的淨化與美化的力量。那時，愛戲水的同梯近乎挾持拖他去海邊，他看見的是琉璃的海，透明的天空，乾淨的樹，腳底的濕沙下是一個可以嚮往的世界。他不下水，起了愚蠢的浪漫想頭，遂撿了些樹枝在沙灘上升火，失敗了，徒然弄了一臉黑煙；同梯泳技好，漂在浮沫上瞬間不見，又出現的瞬間之前，恐慌吞噬了他。那一天像個拳頭鏗鏗敲著他的背。

同梯俯望弟弟，想認出初認識時弟弟還是中學生的樣子。那時他們服役於相同的單位，碰巧一起放假一同返家，中氣飽足喊阿伯阿姆，叫亮整個屋子，給家注入新的化學元素，教弟弟籃球技巧，甚至與父親投緣長談。他才知道當年父親新婚後即往東部漁港工作，見識了不少深海怪魚，漁獲上岸，比人高的大魚密密覆蓋著碎冰，再蓋上一層暗色被子，與人屍無異，相較之下的中型魚整齊排一列，長嘴朝同一方向，被子蓋到魚眼，像幼稚園午睡的孩童；日日路過轟隆隆雷響的製冰工廠，半人高的鐵鉗咬住長方形大冰磚拖行，排成一行，每一塊封存著雲霧如同生

者的呼吸或魂魄。

父親現在必然悔恨自己當年無心的預言。

如今同梯成為一個沉默且鬱重的人。好友與他連絡上是為了弟弟居住舒適，改建舊厝成為無障礙空間，他爽快地應承接下。整修進行一半，父母親自菜館叫來了一桌菜，母親壞習慣頻頻起身給大家夾菜，看著好友跟同梯，自言自語般講，親像兄弟也。父親也開口，喔二十外年不見。

父親心細如髮，陪兩人待到晚上，師傅走了，客廳厝頂掀開一個大洞，臨時牽了一粒電火球，夜暗非常柔軟如同流質，壁虎嗟嗟叫得響亮，他伸手踮腳關燈，同梯則伸手按著他的背，電光石火他想到某年他去了一海港城市，整天在陡升陡降的坡路亂走，電車噹噹響，走到某個制高點是處寒涼的公園，泥土上落滿松針，看到罩著冰冷茫霧的大海，覺得孤獨。

同梯發現海岸公路邊類似木棉靠近樹冠處的枝幹間築著一個大鳥巢，結構美麗，因此好奇是什麼鳥。好友在舊厝前看到他在樹下仰望，彷彿

又回到多年前彼此都擁有既強韌又柔軟的身軀，而今兩人共同了解，唯有無牽掛、無負擔、無重量才能遠走高飛。

同梯向鄰居借來梯子，一級一級爬高，再手腳並用爬上鳥巢處，那裡天空開闊，平衡伸展的枝幹吐著今年的葉芽，它們的養分來自被土地禁錮的根部。他們一起看見了新闢的公路之外平常的海，無奇的海，蒼老的海。好友喊說，看看就好，別伸手去摸。

而後爬下梯子，回到地上，回到舊厝，同梯要好友看他發現了母親的花草遮覆、歇著四腳蛇的一座古老石磨。兩人搬出來洗乾淨，放在屋簷陰涼處，暫時不知道有何用處。

他們都記起了從前母親用它磨米漿做年糕的情景。

那確實是彷彿永恆的春日，在季節性的天然災害降臨之前，他存著好友弟弟在他客廳的妄象，風塵僕僕來到舊厝，全家人都在，南方日頭意圖將人曬成影子，輕如蟬蛻，而時間的推移粗糲，正如好友父親執著砂壺繞著海碗沿的摩擦。

他一口飲了一甌熱茶，一團熱液滑進胸腔。

行前，他受好友請託透過關係去拜訪一位醫生，好友要聽聽另一醫者對弟弟病情的意見。尚在實習、非常謙和的年輕醫生穿著繡有名字的白袍，似乎過於平淡的理性解說，主旨是，只要病人可以照顧得好，對全家人就是好。他追問，像弟弟那樣還能夠做夢嗎？醫生笑笑，並沒有嘲笑的意思，搖頭說不知道，嗯，是個值得研究的問題；推測腦幹是沒有受損，所以呼吸心跳消化功能都正常。醫生頓了一下，說，家屬會比較辛苦。

像弟弟的病例，有經過十幾二十年醒來的，有數年的，快的有半年或七八個月。他無懼自己是個愚人，替好友希望著，明天，或者明天就醒來，就像那一口熱茶滑進胸腔的甦活之感，弟弟不過是魂魄出門遠行了一趟。

弟弟的兒女黏著祖父嘰咕兒語著，他訝異小輩講著純正國語，使用的稱謂迥異於他小時候，居然叫公公婆婆。

好友不在，他甚覺窘迫自己這樣闖入一個家，但好友母親歡喜他的來訪，問上次來是多久了？握著他手肘，她的手有著老年的溫暖，身軀則

INK PUBLISHING

讀者服務卡

您買的書是：____________________

生日：　　年　　月　　日

學歷：□國中　□高中　□大專　□研究所（含以上）

職業：□學生　□軍警公教　□服務業

□工　□商　□大眾傳播

□SOHO族　□學生　□其他 ____________

購書方式：□門市_____書店　□網路書店　□親友贈送　□其他_____

購書原因：□題材吸引　□價格實在　□力挺作者　□設計新穎

□就愛印刻　□其他 ____________（可複選）

購買日期：_____年_____月_____日

你從哪裡得知本書：□書店　□報紙　□雜誌　□網路　□親友介紹

□DM傳單　□廣播　□電視　□其他

你對本書的評價：（請填代號　1.非常滿意　2.滿意　3.普通　4.不滿意）

書名_____內容_____封面設計_____版面設計_____

讀完本書後您覺得：

1.□非常喜歡　2.□喜歡　3.□普通　4.□不喜歡　5.□非常不喜歡

您對於本書建議：

感謝您的惠顧，為了提供更好的服務，請填妥各欄資料，將讀者服務卡直接寄回或傳真本社，我們將隨時提供最新的出版、活動等相關訊息。

讀者服務專線：（02）2228-1626　讀者傳真專線：（02）2228-1598

廣告回信	
板橋郵局登記證	
板橋廣字第83號	
免貼郵票	

舒讀網「碼」上看

235-53
新北市中和區建一路249號8樓
印刻文學生活雜誌出版有限公司　收
讀者服務部

姓名：＿＿＿＿＿＿＿＿ 性別：□男　□女

郵遞區號：＿＿＿＿＿＿＿＿

地址：＿＿＿＿＿＿＿＿

電話：（日）＿＿＿＿＿＿＿＿（夜）＿＿＿＿＿＿＿＿

傳真：＿＿＿＿＿＿＿＿

e-mail：＿＿＿＿＿＿＿＿

INK

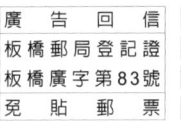

散發著金紙焚燒的味道。

母親說好友送一個同梯到市區去，較晚才會轉來，要他留下來食晚頓。

她帶領他進屋裡，陰涼如苔深，那裡，弟弟似睡非睡在鐵床上，眼皮半閉，他希望是自己的錯覺，弟弟鼻子兩側突然有著從眼頭泌出的淚液。他想大叫，真像釘在十字架上的那人啊。

他站在弟弟身邊，握著他的手，他想問、想證實的是，你有跟著我回家了嗎？

撫著弟弟，有一道無形的電流嗤嗤響，是時間加速通過、不容人插手或懺悔的聲響。

電擊般他想起了多年前，許多光年前，春風暖和的夜晚，他是個孩子，好像被一塊大磁鐵吸引著走向住家巷子底一戶紅木門前，一具面趴水泥地背朝天而兩手握拳放在耳旁的身體，是個矮胖的成年男性。第一個發現的是弟弟，一頭大汗跑來告訴他就是庭院大樹森森的鄰居。他再趨近一步，就在他蹲下前，他以為聽到那人腹部汩汩流血的聲音，感到

屍體冒出的寒冷如同掀開電鍋時的蒸汽。

紅木門裡響起了三拍華爾茲節奏的歌聲，「為了你，我為了你，什麼都是為你。不談過去，不談回憶，幸福從現在起。珍惜時光，把握友誼，創造愛的園地。為了你，我為了你，我已忘掉自己。」

韌性且清亮的歌聲令他洋溢著幸福又覺知只是剎那，因而痙攣起來，他小小的男性神奇地第一次膨脹了，帶著他飛翔。

大樹上，倏然飛出一隻黑鳥，去處未知。

《人的夢》之三

——異鄉人

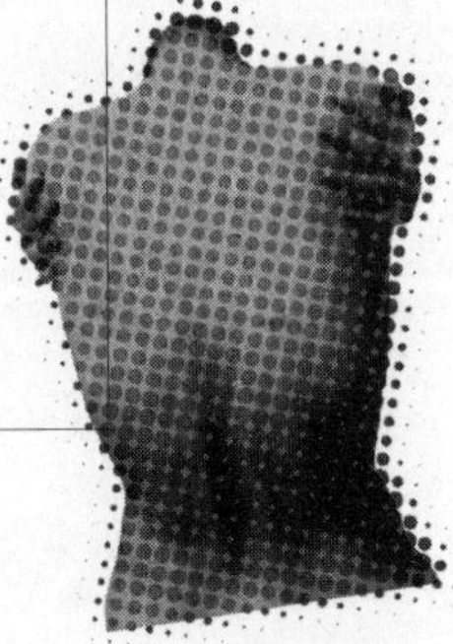

事情已經發生了，正在進行，可以設想再若干時日，技術成熟了，售價友善了，將是絕大多數人的生活基本配備。到了那時，情景大致如此，只需一兩個觸控，兩端使用者的訊號吻合，焦距鎖定目標，螢幕的影像清晰出現，搜索者看著目標，確定無誤，且不是一個虛擬的幻影。

——如果不幸是一個虛擬的幻影呢？那將是另一個類型故事，我們先別誤入歧途。所謂另一個平行世界，我們沒興趣。

無需考慮的是，兩端的距離是兩百公尺、五百哩，或是幾條街、同一座島嶼的兩個城市，還是一個海洋、半個地球？

既然目標立即可見，詩與想像也就消失了。相同的道理，太過光亮了，陰影的皺摺不存焉。

那時候，等待將是稀罕的古典行為，屬於古老的昨日世界，不必要每一個人都熱愛之，但人們對之無法理解、煩躁不耐的是，為什麼要等待？只消任一通訊工具不就可以即時解除狀況？等待，唯愚者與貧者為之吧。

那時候的人們也不能懂前人為何寫出這樣的句子，譬如：過於漫長的等待，將心變成化石；等待好像富於延展的黃金。或也將訕笑那則古老傳說，一書呆子與他心儀的女性約見於一座橋上，應該是夏秋季節吧，上游突來暴雨導致山洪，書呆子死守，遂抱著橋柱為洪水奪去性命。傳說還有化蝶、化為崖頂的石頭。

即使等到死亡，不改其志。另一古人說得更好，其心如玉，焚而不灰。

讓我們回到搜索者吧，他看著目標走出上東城的某一棟舊公寓大樓，左轉，過馬路，不高的刺槐樹蔭下長年一攤賣蔬果，透明塑膠盒裝的藍莓兩盒三美元，比壘球還大的芒果一粒一美元，令目標起了淡淡的思鄉情緒。這是六月的一個晴好週日，橫渡三條大馬路，目標進入如同希臘

神殿、觀光客洶湧的博物館，拾梯直上二樓，再左轉，進入東方典藏區，第一間有一整面牆是一面積六十平方公尺、畫齡八百年、飄洋過海來自古老大陸一內陸省的巨幅壁畫。當時戰亂荒年，寺僧以修廟為由剝下賣給文物販子。

目標在長凳坐下，然後入定般看畫。整個博物館的室溫控制在舒適的微寒，燈光是溫暖的微黃，偶有人說話也是輕聲細語，很有催眠效果。誇張地說，或者涅槃就是這樣的環境與感覺。目標看過壁畫許多次了，蓮花座上的大佛，環繞的護法神將，周遭幸運的得以見佛的眾生，層次分明。他喜愛也羨慕極了諸佛臉如滿月，端正豐澤，瓔珞加身，衣裳薄似蟬翼。八百年的時間沖淡了油彩，更有悠杳之感，又好像時間施放了迷霧，一片朦朧。

目標只是單純來看佛而無所求，就像壁畫既供進博物館成了純粹的藝術品。大多時候，看畫的人比入壁畫的佛與天神天將以及其他的總數少，少很多。

搜索者還有著以前的壞習慣，見目標久久不動，拍打一下螢幕確定不

是故障。

目標右手邊的石雕大佛，非常大氣，兩手從手腕處砍斷，頭上有花，上衣下裳摺痕微波，微笑的童顏面容，難分性別。

室溫有如露冷，終將有一刻有蓮花從畫中伸出搖搖欲墜的粉紅。觀光客與藝術品的相遇。

有一天，目標在此遇上了一位同鄉，攀談起來得知兩人同一段年份就讀同一所學校，同鄉遂交淺言深急忙說他在尋找彼時十九歲的戀人同學，說時的語氣與神情也好像回到少男時。

好吧，目標認為，那是感情最後的饋贈。萍水相逢的同鄉說，自畢業後再也沒見過、毫無音訊的初戀情人，三十年後，突然鬼魂一樣纏繞著他的心思，迫使他好想再見她。

他努力尋找，但一無所獲。老同學替他下結論，她或死了或早就移民了吧。

便在同鄉淚光泛起時，目標趕快起身頷首道了再見，離開博物館，走進陽光普照的公園，往具有蓄水池功用的大湖走去，湖邊的樹林中有一

道拱橋，橋柱繫著一匹低頭沉思的馬，皮毛亮滑，偶爾搖晃牠的美麗馬尾。花事已過，每年三四月，一毬毬一團團如雪的花遮蔽了半條橋，目標強忍著花粉的攻擊流著鼻涕眼淚在園林中流連終日，花團有的如人頭濕淋淋觸地磕頭，整個公園的草木大教堂裡的聖歌合唱般好巨大的生機與香氣，軟泥上拓著深深的鞋印，斜坡隱著一座頁岩與花崗石疊成的童話城堡，仍然寒冷的春風一再穿過高大樹群冷冷的都是對時間的懺悔，令他想哭。他尋找一塊完全無蔭的大石一躺卻不可得，每一塊都讓一對對情侶盤據了，衣褲短少，在春光裡融化著。得待到傍晚，日光一吋吋收了，樹蔭皆成沉重的暗影，只剩樹冠在一天最後的光裡燃燒成金黃，他亢奮了一白天的神經才突然鬆懈了而覺得好疲累。

不到兩個月前，偶爾晚上目標橫越薄雪蓬鬆覆蓋的公園，雪白的長椅上有一個清楚的屁股印子，好寂寞啊，平常人來人往的水泥徑上一條大概是狗腳印彷彿一行血跡深入杉林地。他聽見連同枯枝敗葉凍成一片膜的池塘有碎裂聲，他預見滿滿一池手掌大的龜唼喋著倒映的雲彩。然而眼前一整個是潔白壓伏的公園，除他之外沒有一個人影，他回頭看自己

的腳跡，沒有同行，沒有跟隨。

某一年春暖花開時，公園是一年一度長跑賽的起點與終點，目標在人潮中認識了A夫妻。

同年十月底，遇見B。那是最美好的季節，為期短暫，因此虛幻，彷彿鏡中世界，但飽滿有勁的涼風吹透胸膛時又非常真實，池塘水面是樹葉的綠黃紅的油彩，水邊浸著一截倒斃的樹幹。油彩蕩漾了，細看才知一隊灰黑水鴨游過。

水上有他與B的倒影，而青色天空如同深淵。

B一身綜合了體味、發思古幽情但又撩撥且引人遐思的香水味，是一頭老熟的公獅，滔滔地講身世講經歷，講曾經有過一個像目標一樣的情人，兩人度過非常快樂的時光，夏天他們去邊界多河流湖泊、水中多鮭魚的祖產避暑房子，裸泳，垂釣，睡覺。延長的白日，縮短的夜晚，飛快又甜蜜。

穿過樓與樓、樹木與樹木之間的太陽斜照在B的上半身如同博物館裡的塑像，時間在那瞬間靜止，秋風掠過廣闊的草地與林木，蕭蕭的樹葉

摩擦聲非常肅殺充滿了回憶令人心碎。他對B有同情與理解。

只要目標願意，一年中總可以遇見這樣落單、老去的公獅至少一回。

能夠同情與理解前，遇見J，候鳥一樣每年來，固定租住的旅館老舊，房門仿造潛水艇艙門，電梯降落時偶爾顛抖彷彿鬼祟，才過半夜討厭的警笛已經鳴叫了三次。J離境前日得幫妻小採購，他決定離開，地毯上撿起一枚金戒指，套回主人柔長的手指。寒風凜凜的晴天，兩人口鼻呼出蒸氣，窄短街道邊的遊戲場空無一人，他帶路去下城再往上溯，黑鐵欄杆裡一棵懸鈴木掛滿了長刺的球果，投下疎淡影子。J家鄉正是夏天，過節時都是薄衫短褲，五六月才開始冬天，經常有大雨，打著樹葉聲勢驚人，又說母系祖先是大草原的牧馬人。兩人走進一處開放的碎石子地院落，賣石材、庭園擺設，角落躺著幾方刻好的墓碑。隔鄰是一座紅磚老教堂，路邊一神父與一對男女仰頭看大樹上掛著一張白色塑膠椅，怎麼飛上去的？笑語得請警探來調查。

僻靜窄路的一家地下室晚飯，一室暗紅的燈，兩人喝乾一瓶酒，因此一出餐館，呼著熱氣發抖卻不覺得冷，等著對方開口說再見，J幫他掖妥圍巾，兩人一起去搭地鐵，車廂劇烈搖晃夾著吱吱的噪音，兩人碰撞，相視笑了。J的站先到，離車前匆匆塞給他一個包裝好的小物件，隔著玻璃窗揮手，跟著起動的列車跑了兩步，尿臊味的風吹得他瞇眼，列車從異鄉開往孤寂地心，他確定此生此後再也不會見到他。

不像M，每年互寄賀年卡成為一種儀式似，除了應時的祝候，不多寫一字，藉此告訴對方還活著吧。

M住得並不遠。一個預告暴風雪侵襲的週末夜晚，他們在好像地底洞窟且生意清淡的酒吧觸膝長聊得很開心，好像夏夜池塘兩梗荷花互相倚偎，M曾經長達十年常去亞洲出差，甚至懂得分辨稻米種類的差異。街道被大風颳得乾淨肅然，雪遲遲不下，M的車停在幾個街廓遠，並行大步走去，兩旁是褐石建築的老房子，如同剃刀的寒風颳著，整城唯有他們兩個夜行者，M偏頭問他冷吧，說喜歡冬天，寒冷讓頭腦冷靜，夾克裡只穿一件恤衫，若更冷，多加件毛衣就可以。

跑車停在街口，後來他在白日路過，對面街角是一家專賣禪、冥坐與心靈探索的書店，門口的長椅坐著一個老婦牽著一條老狗，眼神渴望著任何一人停下跟她講話。

跑車奔馳在暗夜的平原。他一直夢想著駕車橫越整片大陸，但需要一個伴才能完成。M住處整潔有序，廚房櫃子上的瓶裝水與容器排列像閱兵陣容，水槽上方是面凸出的窗台，整齊擺滿綠色盆栽當是暖房。窗外是幾戶單位共有的庭園，草木呆滯。認識鄰居嗎？當然一個也不，那些自由進出客廳廚房像自己家，熱情而且風趣善良的鄰居只存在電視劇裡。他要求看一下衣櫥，內衣褲襪子分類歸檔，一桿襯衫由深而淺，證實了果然是個強迫症，兩人相對笑了。M曾經訂婚，拖延了兩年，女方提出解除婚約，但兩人迄今仍是好友，且是她孩子的教父。自嘲是家族詛咒，三個姑媽全都終生未婚，一個訂婚過，警察未婚夫意外死亡，現在剩下兩個結伴住安養院。講到了親人，人便顯示了脆弱。他說起冥婚的習俗，他點頭說聽過，曾在港口城市的一條大橋下找巫婆打小人紙除惡運；起身，問餓了吧，去廚房簡單弄了兩盤吃食，燈下對坐吃著。

很簡單的吃食，卻覺得有對方的靈魂在其中，遂是美味。映著M眼珠的希臘藍。

睡到半途醒來，他夢遊般在屋裡走，好像一粒不安定的原子，應是白天了，穿過窗簾有灰濛濛的光，放置牆角的舊報紙與雜誌疊得有稜有角，寂靜得好大聲。靠牆一輛腳踏車，輪胎飽實，几子上一海碗的零錢，一紮信，他背下其上的名字與地址。進浴室，打開壁櫃，還是一個秩序的世界，一塊香皂也是端正躺在皂盒裡。來日若浴室滑倒跌死或噎死或重感冒死了，得等到溢出屍臭，蛆蟲爬滿全身，才會有人來處理。遇見的人，最好的時候止於觀賞，或者鑑賞，在心中給一個位置如神龕。希望多年後能夠面目鮮明的記得。

M睡得很沉，他看著憐惜起他來。他討厭這樣的壞習慣，總是比喻自己新鬼歸來探看活著的生前伴侶。

兩人一起醒來時，預期的暴風雪延遲了，只飄過一陣不大的雪，M執意送他回到城市，經過突兀拔起的幾棟高樓層集合住宅，戶戶亮燈，如同降落一架萬丈光芒的太空艦。經過一百多年歷史的鐵橋，橋索如琴

弦，經過非常擁擠的一大片墓地，經過無人的大路，到了，懸鈴木的刺果給風颳下掉在車頂咚咚響，他住處的一大片街廓全是一樣的房屋與草坪，好像數面鏡子對峙互照而無限繁衍的幻象。

M的眼睛蓄滿了淚水。他不言語，等著他淚水掉下來。刺果陸續掉下敲著車頂。

回到自己住處，結實睡了一覺，第二天醒來看見一夜大雪封了住處成了一個繭，M的住處想必也是。

那一年回去探親，趕上D結婚，D邀請他一起來吧，替他壯膽。一群人四輛車，深入地勢陷落的魚塭地，幫浦抽取地下水如銀泉，白鷺鷥飛著，掠過黑影。正午的小鎮，熾烈日光如一整塊白鐵壓歪屋簷牆垣，略往西傾。他們好像一幫匪徒擠進新娘等待的房間，女儐相忙關了門，新娘撩起禮服下襬翹著二郎腿，手擎一杯藥酒摻咖啡，大嘴呷著；喧鬧中，新娘拉近女儐相以嘴就嘴餵酒，一房間女多男少鼓掌，噪笑得更輕狂，兩個女的西裝頭男裝打扮含情脈脈挽著女伴。他找到D，幾個人包括男儐相護衛他像隨扈，在水泥空地百無聊賴的抽菸。他想搶時間敘

舊，才發覺很生疏了。D說喜酒結束，便與新娘男女儐相同飛某大洋小島度蜜月，高腳屋立在潮汐裡，回來時你應該又離開了。大倉庫般的喜宴所在，舞台上D矮小的父母與高采烈，新郎新娘男女儐相站一排，心不在焉又像是心慌慌，證婚人好囉唆的發言，麥克風不時回音嗡嗡，有人笑說新娘好緊張，跟伴娶雙手揪著著。在傳統儀式前，四人終於了解犯了褻瀆的罪吧。巡桌敬酒時，D凌厲瞪他一眼，回應他究責的眼光吧，你那麼認真幹什麼。

喜宴之後，他一人繼續火車環島旅行，行經吹出白浪的大片海域，等待會車的靜止時刻，日光炎熱封死車窗，乘客寥落的車廂裡一對年輕戀人緊緊抱著蓋著外套好像殉情。他臨時起意在一個無遮蔽、多風的清涼小站下車，下眺公路邊植著木麻黃與岸邊的駐軍，崗哨有個全副武裝的兵如塑像也像多年前的自己。等不到海嘯將他捲去，海面因太陽沒了而轉為暗灰，才又搭上火車衝進蒼茫裡。

看到了V的家鄉站名，他決定改變行程，下車，一嗅到硫磺的臭味，立即記憶啵的甦醒，繞了幾圈終究找不到V庭中有櫻樹的魚鱗板屋老

家，應是剷除建新樓房了。街口的小吃店還在，掌廚的是原先老婦的媳婦或女兒吧，叫了一碗招牌麵，好感激湯頭還是老滋味。陸續聽過V的事蹟，決定跟著情人移民去那高緯度的風車低地國，返家說了一切，父親抄起警棍打，黎明時跛到巷口與徹夜守候的情人會合，相扶離去，再沒回來過。前一任情人的新婚夜，V違反事前幾個月反覆沙盤推演說好的協議，灌了酒，闖新房瘋狂搗亂。得不到，就毀了他。V與他告解。那幾年，他默默聽過很多關係破裂的事，背叛與欺騙的事，自以為編織卻是毀滅的事，以激情歡喜開始，以屈辱悔恨結束，人在其中萎殘老死，極少數瘋癲、鏽逗。要怎樣避開如同神話那蛇髮女妖的厄運之眼呢？一友人不能說不有幾分嘲諷的意思，一定是抄來的，信上寫：「我要到溫暖有人愛我的地方去。」

通勤那些年月，小車站早晚遇見固定幾個白領，冬天晨風裡一臉像一塊生牛肉。月台邊的積雪，留著清晰的鞋印，故意踩上去的，數日後成了堅冰。列車朝發夕返，雜亂樹林後方是圓周牽著血絲的夕陽，噗通噗通隨著心跳向下沉，一天就要過去，已經過去了。

他終究是喜歡太陽下大地上的鐵軌，無限延伸。決定搬回城市前，一個週末他沿著鐵軌並行的路走，像那些小說或電影描述的小鎮的無聊少年，胡亂走出一趟冒險旅程。然事實是不到二十分鐘後覺得愚蠢透了，甚至沒有一條野狗一株野花的荒地，他一個異國人將走到脫水倒斃，一條乾屍無人收。

自己開著租來的搬家貨車進城，駛進跨河大鐵橋上層的車流，近得觸額的樓叢宛如種在海面上，又荒謬又可愛，之間的隙縫是億萬年的古老太陽流漾著金沙，他覺得既孤單又快樂，搶劫成功的匪徒般按喇叭。有一天，載著初初愛著的人，他會將油門踩到底，方向盤一轉，衝越橋欄，幾秒鐘內栽入金沙大河，沒有人會知道他們的死因。

因為A夫婦而認得K。夫婦各自是第二次婚姻，還更像是同居的好朋友，共同嗜好要踏遍全世界景點，每次遠行回來，找他晚飯。突如其來溫暖的春天週末夜晚，窗下冒上來一波波的人聲啤酒味，得到主人允許，K大力推上了窗子，大河上的夜雲連同打碎玻璃瓶的聲音跳進來。

他們轉去曾經是車衣廠的殘破廢樓，有個藝文業餘者的聚會，跟一群

好像義塚爬出來的人擠著發臭的沙發，吊燈焗得大家流汗，牆上掛的油畫也在融化。身旁的黑髮美麗女子問喜歡她的畫嗎？她的身軀富彈性，腳趾甲的每片紅漆都剝碎，立起時真像一頭馬。腦勺連著後頸一片刺青的光頭男以說夢話的聲腔朗讀他寫的末日之後，好長的詩還是文章，永遠念不完，大家顫抖著傳斟一瓶便宜紅酒，整個聚會善意地燃燒著，他得以好舒服的昏睡了一場。

那一整排連棟老舊樓房，中間缺了一個口，街坊合力整治成為花園，虬髯的守園者帶著一條高齡大狗整夜不睡，默默抽菸，燙著城市的夜空，大狗趴伏著像一塊踏墊，大概過不了這個冬天。園裡的玉米與好像向日葵的根莖高過人頭，嗤嗤摩擦著他們的頭，K的嘴裡有酸苦的酒酵，鬍鬚柔軟。

他陪同K去探望母親，下飛機再開兩小時的車，沿途風景魅麗，來自山背後的湖水的霧嵐穿繞整條山脈，K感激他作陪，因為失智中的母親逐漸不認得他了。母子倆長得很像，甚至某些動作姿態都一樣，他預見K老年的樣貌，恐怕他自己也非常害怕遺傳了母親失智的基因。人不應

該老太久，否則得不到救贖，徒然受苦。上古之人殺老人，尤其瞎眼的、病弱的，因其浪費一份糧食，從背後突襲棒殺，或者送入山林讓野獸吃。

湖邊的旅館夜晚聽得見鴟鴞之屬的怪鳴，一早露台的桌椅凝結露水，太陽冰涼，時間靜止不動。

幻美如死的環境，如同湖底有年復一年的落葉，腐爛趕不及積存的速度。

K遵守母親的遺囑，划船到湖心，水裡倒映的太陽小小的，收了槳，灑下她的骨灰。水上彷彿有一層膜，他們等著骨灰慢慢下沉，船自行緩緩漂浮開，彷彿是母親說讓開。某種纖纖長腳的水蟲瞌睡在水面，母親還有部分留戀著波光的明亮，K遲遲不願回岸上。他們一同進入冰冷的時間膠囊。

他仰躺船腹看整個天空的寂靜，略略懷鄉起來，想的都是那些死去的親人。對他那是奢侈的感情了。

回程繞去找K的弟弟，住宅在林蔭裡。弟婦之外另有個陌生女子是K

的前未婚妻，K提過，她是母親那邊的遠親，非常神經質。他們很自然但維持禮貌地當他不存在，好像他是K半路撿到的一條寵物。他賭氣硬是杵在他們之間，看聚在一起的一家人逐漸變成四條冰柱，咕咕鐘整點報時。

K與前未婚妻出去露台講話，兩人跌進森林油畫裡。有風掠過，滿山枝葉嘩動，她肩膀跟著一聳一聳，想必是在抽泣。

來時的路途繞過大湖，上下過幾個丘陵，穿過一座筆直的森林，打開車窗，古老的林木氣息濃得令人窒息，地平線的雲接著廣闊的樹冠，令人想起數百年前那個四處流徙種植蘋果樹的傳奇人物，傳說當蘋果花開時繁茂如天上的雲。春天時則是滿天飄舞著種子精靈。

許多地方一生中只會路過一次，一次即永遠。

三年後，一個平常日子，下班回家，發現K收拾了所有屬於他的物事離開了。得等到一個人離開了，才會知道那人的存在，譬如浴室吊櫃裡瓶瓶罐罐留下的水漬，櫥架上一塊塊特別乾淨、無有塵埃的空缺，桿子上的一排空衣架，一連幾個空抽屜好像將他的心剜成一個蜂巢，地上掃

一掃有一團毛髮，還有行李箱拖過的痕跡。丟垃圾與回收物的小間有幾包丟棄的衣服，他搶救回屋，倒出來，一件件捧著深呼吸嗅著，像隻喪家犬嗅得發狂紅了眼睛。然後看見窗玻璃上有一隻五指特別清晰的手印。

斜斜西曬裡對面樓的住家，臥房的床上枕頭被子亂成一團，整潔的客廳獨座沙發裡窩著一個看書的人。

一年裡有大太陽卻曬得舒服的日子所剩無幾了。週日，例行的下午長走，一樣的路線，一樣的速度，一樣的習慣，路過曾經租車位的車庫，舊識的管理員若值班中便打個招呼，拐角那家無懼被窺伺且樂於炫耀非凡品味，隨著四季更換布置，大窗有如一幅畫。走進公園，慢跑、散步的人相當多，年輕夫妻推著嬰兒車，多麼美好和諧的家庭組合。兩人一直走，感覺日光從腳底一蓄蓄往上縮收，若有逆向或偶一回頭的人，那臉一剎那金黃燃燒；光與暗腰斬了所有的人，繼續走，直到夜暗蒼茫卻還可以數得出來人髮的那一霎，他會伸去握住他的手。

A夫婦說也不知道K去了哪裡。

在喊叫聲中驚醒，半夜一點多。是自己催生的幻覺，K進門，一串鎖匙丟進放硬幣的海碗，脫鞋，瘦長的左腳先踏出踩上他們購自二手店的地毯。有時候可以從丟鎖匙的力道知道他的心情。無論如何，好教養讓K經過一白日的分離回到住處的第一面總是笑著，不遷怒，不開燈換下衣褲，進浴室。

進到夢的曠野，是為陌生人。對彼此，兩人原本就是毛髮膚色言語都不一樣的異國人，來到夢中，退回初始狀態，好像遠古的兩個漁獵者，因為一場大雪躲入同一洞窟，發現以彼此的身體取暖而歡喜，交換進而共食彼此的捕獲，夜裡兩人的睡夢接壤，所以不孤單，即使封閉裡也覺得天地遼闊。等到大地回暖，冰雪化為春水，出了洞窟，各自選擇前進的方向。兩人並不知道是否還會相遇。沒有人知道走過的道路有一天陸沉，然而那叫人騷動不安的無以名之，驅使一人追蹤另一人的足跡與氣味來到陸沉的水邊，見到了茫茫水域。

離去的前一晚，最後的夜晚，晚餐後K吃掉冰淇淋，解釋剩下不多，所以不用碗了，食畢沖洗了桶子，倒放水槽裡讓它乾，然後整理一疊

信。紙質很好的信翻動的聲音，令兩人想起晴朗天氣的大草坪。K突然喊了一聲他的名字，旋即又說沒事。這樣的瑣事一直都有，偶爾發生。在一天結束之前，他看他，他知覺了而回望，在一瞬間，有一道微風像一抹微香的尾韻，倏忽穿過。

明天早上，這樣在一起的兩個人，不是變得更好，而是成為更像對方吧。

離去的早晨，最後的早晨，他先起床，K的睡姿是背向他，右手壓在太陽穴下，鼻息勻長；或是醒了假寐著。一如昨日，穿衣鏡旁已經掛著他今日的衣褲。記憶的最終點，一個枯死的蓓蕾。等電梯時，從沒打過照面的隔壁獨居老婦的大隻老貓無聲出現，抬頭看他。熱天時偶爾她打開大門流通空氣，大貓趁機溜出整棟樓層散步，幾次跟著K進屋。

一出公寓大樓左轉走十七步便是紅綠燈，他認為運氣不好時會遇見幾隻可憎的野鴿撲啦撲啦揮著翅膀噪飛起來，眼前於是交叉著凌亂的黑影與陽光，幾年來他唯擔心別給鳥糞擊中。彼時K應該起床了，立在窗前看他過馬路，兩人之間亂飛的鴿群。

兩人如果互換位置，他會不會也這麼做？

不告而別，是怯懦，也意味著你不值得我告別。

上古之人純以目測，不惑於風吹草動。現在有覘孔、準星為輔，控制呼吸與手的穩定，一擊槍殺他於大街。所謂肝腦塗地，朗朗乾坤為證。半夜醒，身體內裡譬如所有零件逆行、鬆脫，繞室徬徨。友人傳輸的經驗，長遠地看，終將過去，終會治癒。

而眼前是浩蕩大河，他必須找到渡河的方法。

終將過去，終會治癒，化為意志的兩腿帶他走出屋子，往西，未見大河前幾大街廓是方盒子狀的荒廢建物，野草鐵絲網，窗子以木板釘死有塗鴉，曾經是肉品批發，屠宰場的卡車深夜連結開來。

嗅到了腐敗卻開闊的水腥，深夜的大河似乎漲高了，河面淵暗，企圖上岸的力量卻有些疲賴。那一年疫病死者的追思會後，人潮湧出教堂後遊行到河邊，將燃亮的白蠟燭黏在白紙碟上放在河水上，火光如銀河。跨騎在矮石牆上一個毛髮深濃的男子突然放聲大哭，群眾靜默了下來，共同結為一蕊更大的火焰。

爛熟的夏天，夜暗得很遲，嗡嗡營營的人語，散去的人堆裡，他們有一些家常事可做可不做，去那家老店買花香烘培咖啡豆，無目的的走逛，僻靜街角咖啡店玻璃窗內瞧見熟人，或者去找A夫妻，世界之大，因為心有所屬，做什麼都好。

又且寒冬時候，兩人匆匆走著，簷下掛著一排冰錐，他們對那潛在的殺人利器無所懼，因為最幸福時隱含的危機不能規避，自覺有逼視的勇氣。如同還是單身時，睡了一頓無夢的飽覺，整身軀氣力充滿，他一躍下床，發現是獨自一人，他自信感官好像貓科動物的敏銳，一定能夠很快找到獵物。他們期待著來春冰錐下的園圃照樣盛開黃澄澄的大朵水仙，花形具有強烈的女性暗示。

大道斜叉一條小路因而形成的三角空地，兩面鐵絲網上掛滿了一塊塊不同材質或畫或雕的心，從前經過根本不屑一顧，日時畫作前晃蕩著一個大熊樣男子等待買者，兩人總在心底說，拜託去找份正經工作別做這種沒希望的窮藝術家了。就著夜裡的光亮他一個個看，看懂了，妄念唯心造。在受苦難時，才會發現原本視為理所當然的事物。腳底地面下震

動是一列夜班地鐵駛過。他羨慕極了那樣如同好簡單的一顆心，有起站終站與時刻表，有抵達有離去。

終將過去，終會治癒。他以為是幻象看見街角全天候營業的小館，在龐大的城市深夜彷彿一楔形光塊嵌進暗黑裡。幻象延續，他是吸滿了花蜜的蜂返回窩巢，一頭撞進去，並無一人看他一眼。一直到冬天過去，那是他半夜長走的終站，喝下第一口滾燙的茶，才覺得徹骨的疲累與寒冷。

如他一樣的夜行者或是這城市的破爛生靈，固定遇見的、其一攤了滿桌的紙塗塗畫畫，大口呷咖啡，嘴唇哆嗦，始終處在無從突圍的狀態，得經過好幾夜才偶爾一見他雙眼叮的霍然大亮，隻手運筆趕著那靈感大神好有效率作工。其二就是枯坐著，苦於長期失眠的眼睛無神，那狹長頭型，五官凹凸，若是氣色好是很好看的。他們三個原子，三點成一平面，他最晚加入，無一會蠢到與另兩位撞擊說話，意圖打破封閉的局勢。三人守在店裡，撐著深夜的一團光明。這樣就好，不需要更多人加入。

終於下了第一場雪，愈下愈大，悄無聲息落滿了他的瞳仁。直到視線所及的路面都是一層粉白，他起身走入，空氣如此清新，他直往之前一直繞路避開的鬧區廣場，有三百六十度環繞的霓虹燈牆與永不止息的觀光客群，好歡樂地蹦跳叫嚷著，迷幻藥似的萬丈光芒，人人被光曬得像一顆顆鑽石，而他默守本分是一個碳原子。他讓雪花落在頭臉，不再心裡含著一根針似的尋找。

他待到天亮，好骯髒的廣場，留下的零星人數彷彿戰場上的死難傷兵，一輛車疾駛過，吹起一張廢紙，它乘風飛起，屢屢躍起更往高處。

Y是他匆忙遷居的新房東。搬家那天，對著搬空的屋子最後一顧，蟬蛻完畢。Y住處離他租屋近，一人獨食覺得氣悶時，便邀他晚餐。Y喜歡烹飪，一雙手多肉而靈巧，廚房大而完善，料理台是一長塊雲紋大理石，一一獻寶家傳的骨董廚具，還有一套骨瓷茶具，非常感嘆就用到他了，以後丟垃圾場或流進二手店。兩人嗅到彼此非常寂寞的氣味。

兩人成為飯友。週末早上一起去農夫市集採買，花一下午料理，吃得腦滿腸肥要昏睡了，再去下城的露天咖啡座消磨到半夜，走過古老的噴

泉止息的廣場，風吹大樹群沙沙響，各想各的心事，像一對分房睡的多年伴侶。

母親信仰非常虔誠，Y記憶裡在重要節日他逗留廚房渴望學習與幫忙，總被她嚴厲斥退。看她即使簡單的油炸麵團也做得亂七八糟，讓他痛惜。她教導他食物至為重要只有潔淨的與不潔的兩種，每日長長的禱告時她極端苦痛的臉，直到躺在床上呼出最後一口氣也是一樣。喪禮後，他將她的念珠經書扔火裡，將所有廚具帶走。

一晚Y邀約了在博物館認識的東方觀光客來吃飯，飯後循例一樣樣照順序介紹骨董廚具。他識趣編了個藉口先離開。是一個熱鬧的節日夜晚，封了街，煙氣塵囂與浮沉的人頭上是橫跨的綵牌，燈飾一顆顆如魚卵，綵牌一座座串連往島城下方去，夢裡的浮橋。而他好像一滴油不能溶入水裡。如此盛大的節慶年年有，燈飾牌樓重複使用，近看好破舊，聖母像龜裂，樂隊吹奏得荒腔走板，人行道黏答答，小公園擠滿了野餐的人，大家都忘了究竟在慶祝什麼。高處窗口則有癟嘴、滿頭蒼白想必不能行走的老婦探頭俯瞰熱鬧。

年底，Y說服他同去一個聚會。會合了開車的朋友，駛往郊區，遮天黃葉林蔭下的路徑迂迴了一些時候。來者皆是與Y相同年紀且善於慷慨優待自己的，幾個甚至是聖誕老人般的臉頰紅潤，好大肚子。壁爐燒著柴火，大鋼琴前一人著燕尾服流利地彈唱詠嘆著，男孩啊，風笛在山谷間響亮，夏天過去了，百花凋零，你離去，我等待。當你回來，是夏天在草原，還是山頭有了白雪，我都在這裡等待。如果你回來時，花兒全在凋謝，你會找到我躺屍之處，我將聽到你的招呼。你輕柔地踩在我上面。如果你沒忘記說你愛我，我的睡夢將更甜美。我會在安眠中等著你，我會等著你。那歌聲甜膩令他背脊發涼。男孩吾愛，年輕的純金般的重量踩在色慾的老骨頭上，總合了一些些施捨一些些憐憫、最多的是厭鄙與惡虐，吾愛男孩，高高舉起腳，重重踩那顱骨，如同碾壓夏天過去後留下的一田熟爛的瓜，這樣我才會心甘情願死去。然而死亡之前，這是天鵝絨窗簾密遮的宅第，沉睡的一批老鬼一起清醒了等著回春。等到門口又駛來兩輛車，關燈換上了燭火時，他察覺自己內心已成硬塊，他唯恐燭光裡漾著油蜜的豐美肉體經他一碰觸就變成了化石。瞳孔放

大，他辨識出Y在昏暗中現形，某個視角，呈現那闊大的白膩肚子。燒著一種奇香，令人頭暈。有人絆了一跤跌在他身上，非常重，兀自哈哈笑了。搖動的燄光拖曳著影子飛舞上了房頂。遠古的人族，穴居雜交、囤積腐肉的時光，那時好單純好享樂。群聚行樂時不用分心提防背部遭襲擊，以石塊樹幹或獸骨。

至少一肉體讓他抱著，那肉體也回抱他。然而每一抱像是剪刀剪著燭蕊，肉慾的歡愉與期望就短了一截。但黑暗中對方是快樂的，漾著汗腋，喉嚨騷聲，這樣也好。日後他會以觀光客身分來到一處千年墓穴，甬道有一口枯井，探頭看井底，物事居然是放大的。奇蹟。眾人跟著解說員在略下斜的甬道前行，兩邊牆壁有模糊難辨的壁畫，墓穴主人是一位不見經傳的皇室將軍，第一道拱門得彎腰通過，第二道則需蹲著蟹行走進，古人矮，裡頭墓室品字型配置，棺槨與所有珍寶葬品當然早已清空放博物館了，解說員比劃著兵馬俑當初是如何擺設，將軍兩旁有一妻一妾，屍骨皆是側臉向著將軍。抬頭看圓弧的墓穴頂，解說員手上的一點紅色小燈光照著一處破洞，說昔年的盜墓者便是從彼處進來的，合理

推測就是築墓工匠。他開始覺得幽閉恐懼而呼吸困難起來，一千年了，他才又鬼使神差的回來了，千年朝夕，沒有一絲一毫的記憶，他蹲下摸摸地上千年的泥磚，怕什麼，他告訴自己，我們就在井底，這是歡愉的究竟境地。至於今晚那些老屁股，他分神仔細聽著，發著貪饞大吃的咻咻聲響，很好很好，因為死亡將會非常非常久。他辨識是否有Y的嗚咽，Y說痛是最高的禮讚。他不再怕聽如此的聲音。因為有一傳說，餓鬼抓到的食物瞬間化為焰灰。他手按在一肉體的心臟位置，勃跳如馬蹄擊打在石板，他伸長手臂穿過胸膛，握住它，丟入神祕古井。我們都在井底。墜下的過程唯覺暈眩。

他獨自溜到屋外，一個人的時候真好，大口呼吸那寒冷的腐葉味道，想起有一次去探望K的老母親，一段日子密集的秋雨後，旅館後的林地浸泡在氾漲的湖水裡，水上倒影著樹頂與天空，那是虛假但魅惑的幽深。他覺得惆悵難言。就像大宅有太多的門，他每打開一扇就是關閉了一扇，連同希望與光。或者他已經來到僅剩最後一扇門的時刻。猛然想起K有次在傍晚的紅霞光裡問，最後的時間你會記得誰？他假裝沒聽

到。

樹叢裡突然走出了一個人，他嚇了一跳，原本猜是一頭鹿。他名之為X。

海潮的關係，此地早晚的霧氣重，忽然掩至，矇住了事物的聲音。市區主街立有一塊古戰事紀念碑，說明昔年戰事的慘烈，一口拓荒先民開鑿的井列為古蹟。兩個月內，他來出差三次，行程緊，夜裡聽著不進入市區的火車的鳴笛，並不是太遠，特別覺得悽愴。

鳴笛之後的沉靜讓他心慌，他開車走海岸線，彷彿進入一張遙遠年代的膠卷底片，幾個層次的夜色掩蓋了其他顏色，深色是山脈，淺色是大海與天空。曾有一人訴說經驗，家鄉多礁岩的灘岸，秋後颳著狂風的時日，海浪如大群的野馬群奔來，震耳欲聾，撞碎在礁岩成為無數寒冷的水珠與霧氣，兩人結伴去，淋濕了，耳膜發疼，互相擁抱著才不會被海浪捲走。

他一直有個念頭，就這樣開下去，路不會有盡頭，他也不至於成為失蹤人口。路途漫長，他喜歡。無止盡的路一哩一哩將他稀釋，最終的畫面，方向盤後一副骸骨。K分析過，譬如這種狀況你需要的是伴，而不是戲劇化。多一個人為伴，你會看見不一樣的世界。

K沒有看見的是，自然景觀的戲劇化就在眼前摺扇般的展開，遼闊的丘陵大地，數小時之後，完全一模一樣，若是霹靂落雷，人畜無處可躲。或著好似史前恐龍拖著巨大尾巴走過而成的荒礫地無限延伸，不遠有不高、紅色的山，數小時之後，山還是與人車維持一樣的距離，只有那一團雲，上帝放的一個屁。

Z也是來出差。兩人坐吧台前高腳椅，聊得非常開心，輪流請酒。Z酒量好，話多，更能調侃自己，笑時整個胸腔與一節粗短脖子共鳴著。他注意到他的婚戒，他一語雙關說肉體證物，即使暫時拔下來，一圈白痕更明顯；他定居處終年炎熱，有太陽的日子占一年絕大多數，一旦下雨人們就不知如何開車。你一定聽過的老笑話，最好的二手車產地是他家鄰鎮，因為老太太一週一次只在星期日開車上教堂與購物商場，粉

紅、天青的大車，時速不超過三十哩，車程不超過五分鐘。呆車啊。還有那極為乾燥的谷地，每年夏秋固定有一場強風肆虐，八十磅以下的人體若落單了可能被吹起像風箏。谷地沿著之字型的大路兩旁開發的住宅，每一棟都一樣，只有草坪未能種有喬木，不聞人語聲，若有勤勞的主婦以動物糞便培土種出滿園一大簇繁茂的繡球花。喔，老天，不定期他覺得乾渴得想哭，胸口一顆大石壓得要窒息。上帝救我，請慈悲，救救我。

他提防著他隨時會激動得來抱住，伏在肩頭痛哭。他厭惡。同情是更大的諉過。

舌頭讓酒精灌得腫大，兩人走進霧裡，霧氣拂臉成為純淨的水，一踉蹌，仆倒草地上，他的身體沉重得像泡水的屍體，他發誓看見了滿天的星漩渦著。再一滾，開始嘔吐，吐光了，像拖一具屍體將他拖進旅館房間，Z倏然直起上半身，僵硬地轉轉頭，砰的又倒下，白襯衫沾滿了草汁。他持熱水壺去取冰塊，追蹤製冰器嗯嗯嗯的白噪音，轉了幾圈才找到。一扇房門後激情的叫喊著，電視節目吧。Z在睡夢裡笑著，眼皮閉

了一半，好像躺在冰櫃的電宰雞。他坐在椅子看著他。住過太多旅館，他養成了一個習慣，第一次開門時撐著門靜待，等到塵蟎與孤魂野鬼也沉澱了才踏進去。喜歡日光照射的房間，光柱穿過身體，靜靜聽著隔壁若有入住者的聲響，偶爾夜半一個翻身的恍惚，感覺有一雙眼睛眈眈地俯瞰著，不害怕，他明白那是孤寂而生的幻覺。這時候，他不同情而是鄙視自己。

一身大汗醒來，Z坐在茶几旁翹著兩根小指撕著烤雞吃，額頭汗津津，說好吃，問他要不要吃，還有一隻。足球賽轉播的晚上，有時候他可以一人吃掉半打春雞，當然得有啤酒。打開手提箱，幾片夾層掛著一排排的玻璃試管與瓶子，生活的魔法是可以調製的，我們來做吧，Z顫抖著聲音說，像在祭壇的傳道者，返身脫掉衣服只剩內衣褲，從壁櫥拿出兩個桶子，進浴室。終將過去，終會治癒，他彎腰小心地將溶液倒進浴缸，臉頰與脖子如同生牛肉喜悅顫動。他痛恨極了他那兩根蘭花指。但他歪坐在浴缸沿像條美人魚，再陸續倒空了幾根玻璃試管裡的液體，攪拌，內衣胸口一大片汗漬，笑嘻嘻的指著液體變粉紅變粉藍，拎著一

整隻油汪汪的烤雞滑進去，咕嚕咕嚕化蝕，裸出一整副骨骸。兩人咯咯笑了。每一具他們曾經緊緊擁抱過、唾液過、發誓愛到永遠永遠的身軀最終將是如此，多麼完美的結局。憾恨的是脂肉腐化的時間有差距。他願意將他們一副副磨成骨粉，灑到菜園當作肥料，最後的貢獻。快快把握時機，他抓起他兩隻腳，讓他帶著微笑一身滑進浴缸裡，喔寶貝不掙扎不反悔享受吧。咕嚕咕嚕。他看著他像泡在福馬林裡熟睡。那時候，觸目是紅色的岩土，蒼蠅很多，一人高的肥厚仙人掌支撐著藍得不像話的天空，他們等著天空刺破，星辰一齊滾到東南角。接電話的是個女人，他硬著頭皮、自認口音無懈可擊的問某某在嗎？她問是哪位？她的聲音透著很深沉的疲憊，然後一字字說，錯誤的號碼。她能表達厭怒的極限。我抱歉，他特意答得響亮，一手的冷汗。是哪位？幹你娘侖你媽，他但願能將腸胃外翻洗淨那般。再沒見過那麼美麗的夜藍，等到自已嘶嘶劃破夜藍墜地成為隕石，空氣依然溫熱，蜥蜴的長舌快捷地舔，留下黏液腥氣，背對背的並蒂花，沾滿花粉的蕊柱勇敢挺出，那味蕾也像仙人掌的針刺，箍著頭顱的荊棘冠，太鹹的汗流進眼睛，終將來到那

無從逆轉的時刻，手撫觸過的盡成石礫，最後握著那一顆快速跳動的心，捏死它，捏死它。

劇烈頭痛將他敲醒，喉嚨乾得燃燒，房間就像兩天前入住時的整潔，他搜遍每個角落，甚至將垃圾桶倒空。他自信記得Z的房間位置，一踏上甬道，穿制服的清潔婦跟他道午安，他徒勞地走了一圈尋找。他非常厭惡是做了一個夢的想法。然而夢由心生，他必須再留一晚，再次穿過夜霧，進屋，收拾妥簡單的行李，忍耐不住時確實就像夢遊，他在甬道走了兩圈、三圈，手放到門把給靜電一觸，希望與另一個原子碰撞而不可得，獨自得好完整，才能讓自己毀滅而重生。

退房前，他習慣將枕頭一一拍鬆復原，將床與他覺得累贅的床罩鋪好，浴室的毛髮收攏了與少許垃圾連同一次用拖鞋包好打結，浴巾折疊好，杯子與其他器物歸位，若有開拆用過的牙刷與香皂帶走，希望自己是徹底的離開如同不曾來過。然而腹部似乎有一群剛破繭而出的蝴蝶猛力的搧翅。

羨慕極了有一種離去、死亡，好像露水曬乾、蒸發了，唯一麻煩的是

蛻去的衣褲得委託他人幫忙燒了。

站在飛機尾部的逃生門後看窗外，他想起遙遠的從前第一次搭長程飛機，那是還允許抽菸的幸福歲月。俯視雲，確實與在地上仰看的有所不同。一朵朵的浮雲排列向天盡頭的夕陽還是朝陽，或者雲層上沒有懸浮粒子，太陽光特別乾淨。

候機室則是一般時空之外的特殊地區，類似等待投胎轉世的集散地。他確定時間充裕，去洗了個熱水澡，覺得一身如同蓬鬆的棉花，挑了個僻靜座位，慢慢呷著一杯調酒，喝乾了才發覺杯沿有個豐腴的唇印，當然不是自己的。他拿去給自助吧台的時髦服務人員看，她像塑膠人偶眨眨眼大約是道歉，不得不補上一杯給他。他心裡罵她母狗。醒來時，整個區域只有他一人，好像廢棄的太空站，燈光昏暗，落地窗外停機坪空蕩蕩，所謂地獄不空，誓不成佛，他就是壞了佛願的最後一個。他隨即瞭解一定是錯過登機了，但想不起來自己是如何轉移到這個位置。他掏

出褲子口袋經過免稅店得來的幾片香水紙籤嗅了嗅，眼前不能渡過的夜藍反而讓他覺得很安心，是某一年秋後的池塘，棲在水面僅剩的一隻夜蚊。

多年前的事，踏上接駁巴士前，那人手臂挾著的大玩偶熊掉了，他順手拾起。隨後在候機室遇見，同桌吃喝，感覺好像失散多年的同窗好友，講起子女，整個人柔軟得出水。窗外，飛機滑行，如同鯊群。

在未來，如果人們仍然有分離之念，那是大氣層機尾的凝結雲消散才開始吧。在曠風吹動的過境旅館，各自推開相對的門，回頭一望，彷彿陰暗中兩面鏡子互照。

一早下著冰冷的大雨，他送那人離去，尾隨看他下樓梯兩腳有些顛，大概膝蓋受傷過。直暢的大道通往海灣，雨霧中顯得荒涼，保存古味的電車叮叮來去，他壞習慣改不了總是癡愚地等著對方回頭一望，類似曲終奏雅。那些他偶爾幫忙照顧的老人，帶他們外出散步，他們共同的最

大感嘆就是那些相遇到結束的細節消失了。

下車的黃種人流浪漢赤腳綁著紙板，一看見便兇惡的瞪著他，伸手討錢，長長的手指甲囤著泥垢，理直氣壯認定了他們都是來自同一塊土地、操同一種語言的異國人吧。

雨聲擊鼓，行道樹掉光了葉子，大雨濺在他頭頂肩膀，好像乙炔吹管在焊接時迸出火星，帶他回去，用一浴缸的熱水將他洗刷乾淨，換上乾淨衣褲，一頭披肩長髮綁成光潔的馬尾，手指甲腳趾甲剪短，再餵飽，之後靈魂的事超出他能力範圍。雨聲愈聽愈覺催眠，異國人在紙上扼要畫出大船，碼頭的遊樂場，鬧區的鐘樓，山頂綠草地曬太陽的人；一棟樓，每層樓窗另外一張張速寫，遠鏡頭再拉近焦距的意思，內容是人的日常生活。代為一一裁剪，平鋪並置桌上，排列出幾種次序，彷彿從花枝掰下的幸福的玫瑰花瓣。異國人僵著臉，能夠追憶拆解，但不能夠讓它復活。異國人是如同那種樹，因為一日溫暖而錯認節氣急忙胡亂開花。雨光讓室內好像潛在水下，映在臉上波浪狀。

雨後的晴日，拉開窗簾，瀑入的太陽光再次將他蒸發，他將會讀到一

則地區新聞，鷗鳥聒噪群集的海灣，漂浮的油污與垃圾裡有一具背部朝天的無名屍體。

多少年了他沒再入境來這海灣城市，以前有過太惡劣的印象，遇見好些做慣洋奴的勢利眼店員，他拒絕再來。第一晚來回搭乘了三趟渡輪，港灣水深，海水灰沉，一度浪大，船身搖晃就灑下米粒大的雨滴。上岸的碼頭敝舊，出口颳著陰森森的風，沿著人潮足跡全是紙盒紙杯垃圾，一排店鋪賣著鮮豔的塑膠玩具與紀念品，一個纏頭巾的虯髯男人，拿著相機攔人就問照相紀念嗎？一個土氣女人抱著孩子，給一嚇，尖聲怪叫了起來。海面上下虛實的大塊霓虹燈廝殺了幾十年，很疲乏了。整個鬧區就是一座大型免稅店，難怪E回訊息要他不必來。以前E急邀來體驗在高樓雲端對著落地玻璃外的海灣撒尿的豪氣；現住的屋邨大樓有如危崖，窗邊下眺每每有往下一跳的衝動。

那個颱風夜，兩人與一異國人走出茶餐廳，啪啪啪在石磚坡道囂張跑

了起來，實則像三條鰻魚在無水的鋁鍋底焦渴，張大嘴讓強風直直灌進肚子，前面的兩人偶或大笑尖叫，E返身向他吼了一句什麼，得意地眉髮張揚。狂風呼叱連同不安的大海已讓港島的燈火與聲音熄滅一半，E與異國人的花襯衫鼓漲如同水母漂，下完坡，轉彎一段騎樓，店面悉數關閉，再上坡，一個籮筐霍地飛上半空不見，他一下子找不著兩人。間歇的大風颳著水泥坡壁的草木倒栽，他以為看見海面傾斜，整片山坡的高樓骨牌般倒下，聽到船桅折斷了的嘎嘎聲，面海港的燈一瞬間盡數熄滅。他循著之前疾跑過的道路，一家骨董店櫥窗張掛一件龍袍，E哼嗤罵假貨，那龍頭似乎向他冷笑。稍後找到E，蜷縮在階梯旁陽溝滔滔雨水裡，顯然給毆打了一頓，痛得嘶嘶地吸氣。他憤怒極了他的輕浮且愚懦，踢他一腳。扶著狼狽回住處，招不到車，下地鐵，空蕩蕩的車廂飛著蕭颯的風雨味，E虛弱的靠他身上，斷續呻吟，太陽穴的血管怱怱跳動。斜對面一個打工仔婦人不屑的斜睇兩人，他回瞪，摟著水淋淋的E，用他的口頭禪哄他，傻屄啊你。破碎地想起E那許多自以為是實則朝生暮死的戀愛，一次次來找他暴亂又氣力充足的咩咩大哭一場，隔

天又是傻屄好漢一條。他按住E倚靠他肩上的頭，心中祝禱這是最後一次，就讓傻屄配額從此像盲腸割去了吧。他另一手握著E腴厚、總是熱烘的手，那可憎的女打工仔已經下車了，一長列亮煌煌的車廂，毫無人氣，這是開往莫須有異鄉的旅程。

以前曾是海防堡壘，現在綠化成為公園，開出一條短窄道路，路邊一排五棵茂盛的數百年大樟樹好像神靈還在守護港灣，他在樹蔭下徘徊等待。對滿滿的來自古老大陸揮金如土的消費者，E不掩飾惱恨。人族繁殖過度，終將自我毀滅。爬上狹陡的樓梯，一家南洋餐廳，熄了燈送上點了蠟燭的蛋糕，透過麥克風正在為顧客大唱生日快樂歌，吵死了。兩人敗走，轉搭渡輪過海，氣弱的說除非有要事必須來，否則已經對鬧區放棄了。船艙裡的遊客哇啦哇啦喊話嬉笑、拍照，E對之屢屢翻白眼，上岸後徒步往上行，人潮遞減，樓高遞減，市囂遞減，兩人如同海難後尋找一處安全洞窟。

他以為這裡最美好的是找一制高點，眺望整個城市與港灣在日光雲影下，即便鋼筋水泥也有靈。

做為資深市民，E顯得窘躁；他甚為同情活在這樣的城市，每個人都是他人的地獄。然而海風搖晃著蕭條的樹影，他嗅到了油糧陳年的香味，古老且柔和，時間在老城區慢了下來。兩人從未一起來過，他一人也未曾，因此這一天如此迂闊。並無特別目的地的漫走，若從高處下望，兩人是舊油瓶裡浮沉的蟲蛹。

送E登上渡輪，船夫解了纜繩，收起艙門，海水烏黑，波光素樸，他看著他隨船遠去，船頭一面國旗獵獵扯直了。他堅持站到最後一秒，即使只是知道E進了船艙坐在烏黑人堆裡，但他認定那個人頭點不願鬆開視線，也不在乎E是否遵循老習慣回頭看看。以後再相見的機會微乎其微，他很難理清那種感覺是好是壞，同伴提前離去，他留在這一岸，各自繼續蠶食剩下的這一天。

好友託旅館轉達訊息，有要事，延後一天見。為克服時差，一下午他待在有太陽的野外，一條弧形大橋，一條厚重的山脈，一潭凝碧的水，

一個人在長扁船上扔出一尾魚，旋即一隻長嘴水鳥撲下啣了去。乾淨的柏油路通往山裡，響徹烏鴉的啊啊叫。兩個年輕工人頭綁白巾幫一戶人家換新斜屋頂的覆草。山腰有處年代悠久的大墓園，他在入口處張望一會兒並沒多留。對那些好像一波波海浪、死去甚久的亡魂他毫無興趣，但是他們這樣的繼續存在讓它安心。太陽溫暖了整座山。

這是他返鄉航程的轉機點，好友寫信要他停留兩天卻又突然爽約，他不介意，其實甚享受如此一個原子似的遊蕩。離家鄉只剩三個小時、加上轉車接駁共五個小時就抵達，只有零星數人等著他。不急，真的不需要急，家鄉從來沒有離開過，他一直攜帶著。隨著濛濛發光的石板路在平坦的林地走，一棵棵樹木筆直，暮色如同密雨，他真喜歡這樣如實的昏暗，連自己的身體也融化進去，好像瓶子打碎了，心思釋放與林地遍在，低低地飛翔。樹林後一片草地，欣榮的綠意，好像有個人提著一個桶子走過。先是嗅到了羶味，然後他看見了牠們，或單獨或一對或幾隻，依傍樹根坐臥成為厚實的暗影，成年的鹿好肥壯，眼睛晶亮。然後牠們零散的鳴叫了，是如同熄燈號表示要睡了嗎？還是呼喚伴侶或親

人？元氣滿滿，沒有戾氣，沒有怨意，似乎表示我安然過完了一天，遂為這一天劃上休止符。他覺得遠比一縷遊魂更自在的走著，走上細細的砂石路，路邊溝有水流，來到一座森然古寺廟，果然山門關閉了。他在石階上坐下。

看著飛機窗外的大氣層與雲，很難覺知時間在快速過去。唯有一次，晴空浩蕩的遠方平行的一架客機逆向擦過，差不多是一道閃電的速度。他獨自留坐在水邊野餐用的木桌椅，湖水與天空連成一體，風帶著低溫將一切吹成了透明，湖天都起著粼粼的波紋。那是一個無聲無色、失溫、即使輕微騷動也沒有的世界，是他的噩夢。

深宵的超市，數列高過人頭、燈光雪亮的大冰櫃，他因為睡不著而來此一趟趟往返走著，聽著冰櫃的引擎或電流的嗯嗯聲。那是另一個噩夢。

是一個晴天早上，房間光亮，他聽著一個人來自遙遠地方的懺悔，他

們曾經快樂的在一起，說話者還留存著他送的一隻手錶、一塊內嵌著藍色花朵的玻璃鎮紙、一方玉石，多麼好的象徵。他勉力要記起，以為自己立在懸瀑下，但他忘了說話者的樣貌種種，恍惚記得的是許多年前吧人曾經在他手裡留下的溫度，遠方的天空，下方的樹木葉子在轉變顏色彷彿燃燒。

就像年少愛聽的一首歌，花兒都到哪裡去了？那些給過他溫暖、讓心悸動的人都到哪裡去了？在個人抵達自然循環的盡頭之前的最後時刻，他這樣想，所有的人遠去，成了淡淡的遠景，他希望那時候自己可以像是容器的空，於是才能好像在萬馬奔騰的海岸邊，等待寒冷的海水，耳朵被震聾。

通訊器材如此發達的年代，對方的聲波就像候鳥飛翔的路線，經過的緯度對應著地上的某個河海口、某處被列為文化遺產的廢墟、某個他毫無興趣的大城市、某個大沙漠，多麼奇怪的感覺，他像是戒酒聚會中那只聽不發一言的人。只是聽，一道光伸進昏暗中，遂得以看清一切；相遇之後，離開之後，最好的所得。

他回到自己的屋子，電梯口灰色地毯的甬道蹲著隔壁老婦的大隻老貓，打了個大呵欠，似乎等他好久，惡婆婆似的問你這陣子究竟死到哪裡去了？鑰匙插進鎖孔轉動像有個人的心樂於被開啟，屋內充滿了善意的天光，有重量的物事因為被看見了似回神了浮凸著，桌子上有堆積了一疊的信件，一只還有一點水的杯子，水面是浮塵，椅背披著一件衣服的椅子，各安其位，不論他離開了多久。牆上的玻璃倒映著屋外一角，一輛汽車駛過，好熟悉的市囂。對面的住戶提前亮著一盞燈。

時間的大河，他渡過了一大半，對岸已經在望，輪廓隱約，探究的好奇心於是充盈了他一身。

從A到Z，反之亦然，人在大地上的冒險旅程，那幸福時光已經終結了。

列車鑽出地底在地面行駛，小心翼翼地進入黃昏的霧區。霧愈來愈濃，車速慢，像在雲裡，停靠的每一站只是一條水泥月台，進站與離站

鳴笛，鳴聲好像嗚咽，車門開，霧雲帶著大海的氣味湧入，封住了人嘴，無人敢出聲，有一人下車，留在車上的友人額頭與右手貼著窗玻璃目送那人慢慢走著，浮盪霧裡，彷彿海水裡的屍骸。這一天一時的別離好像是永遠的分開。

軌道兩旁是屋舍，左側還隔著一條雙向車道，總要猶豫一下才分辨出是車燈還是人家燈光。黃燈在霧裡特別溫暖。穿越大霧，以一處杉類的大樹群與一座商場為辨識的座標，進到住處，好像窩進繭殼裡。

將濃霧凝結為水滴的大樹，每一顆水滴如同白熱化的焰火。

霧氣中燃燒著的鬱綠。

次日，大晴天，我跟隨他前往一處他說的祕境，走過有毒藤的樹林，坡地有野鹿的足印，有啄木鳥在鳴叫，地面有紅色的漿果。看似入口的門洞，部分原是一棵遭雷劈斷的樹幹，折抵在岩壁。穿過門洞，赫然是一座靜靜的湖，除了一處半月形的沙灘，湖岸是石礫與高過人頭的野草。日光大盛，湖光卻溫柔不傷眼，做日光浴的好像一種遠古的惰性生物，在天敵未出現前的樂園。

稍安勿躁，他說。日長夜短的夏天，黃昏的魔法會很久很久，夕暉的精靈在湖上跳舞，曬在身上的熱力依然強旺，耐心等待，等熱力一吋一吋減去，等湖上起了涼風，大地開始暗沉，穩住，繼續等。冒險與等待是攣生兄弟。酒精藍的夜空一顆人造衛星偽裝的星星特別晶亮，滑過去了，我跟著他沿湖走，腳下昏昧，草叢搖晃，我們發現那裡偃臥著兩人或更多。那吸收了多日太陽光的背肌暗金，像鯨豚的背。我們沒有停步，繼續無所為的前行，無所為的等待。等待黑暗漲到胸口。

無所獲的一天，神清氣爽，好像辟穀。

黑暗淹到口鼻，我們走進一處圓形綠地，有個人側臥，瑩白的軀幹，彷彿博物館的天神雕像。死活不知，除非我們伸手探測。

我們決定不了。黑暗如此溫暖，我們繼續等待。

因為重病而漸漸死亡的人，問我最近的事。

這一天的雲層很厚，地表有一層好像鋁的薄光。防火巷有兩婦人鴨嗓

聊著春天的韭菜，對時，好食；漸漸死亡的人說腹積水若有娠，遵照醫師囑咐，每晨以皮尺量腹圍，紀錄了之後幾分疼惜意味的摩挲著，好像愛撫著蜷臥熟睡的一隻虎紋貓。

長年陰濕的防火巷，牆裡一棵清爽的血桐，逐年幾公分的生長速度增高，去年有一天突然枝葉給剃光一半。那人說住處老公寓頂樓的野草叢足以藏人，是多年來大風颳來泥沙與種子，還有雀鳥糞便養肥的，雨季時洗得更茂盛，牆頭涼快搖擺。天轉冷了，夜暗得快，蒼茫中那蒼綠夾著芒白則像從前墓地的墳頭，令人思念死去的親人。

不能成眠的時候，人走下樓，走出屋外，離天亮還有一會兒，走進一整夜孳生的濕氣，酒精藍，感覺靈魂給浸濕了；彷彿天地顛倒，那些在人們睡夢裡也沉澱休養的懸浮粒子，與一整個世界微塵的煩憂，傾倒他身上。他以為是因為寒冷而發抖，其實是眼眶中景物為即將新生的太陽光所輕輕拍動。廊柱影子裡一條狗醒了，噴了一口氣，搖鬆了毛髮站起來，悶悶地看了他一眼。牠或者以為人是牠的夢吧。

在昏暗巷弄夢遊似走著，到處是凝結著露水的鐵窗與塑膠雨棚，天亮

前的最後一哩比預期的長，初現的熹光帶著毛邊，他繞了一大圈，找到自己屋子窗裡的燈光如同一枚指紋，開始覺得自己像一個走在歸鄉路上的戰敗老兵，而舌根瞬間大量湧出的是曾經體驗過的喜悅。

人於是煙火綻放的記起了某個八月正午，魚腥重得頭暈，跪在堤岸看水面一大片機油的彩膜，光頭小孩海豚般破水而出大喝一聲。

記起了家鄉蓮霧樹開白花，瘋養蠶，睡前還聽到紙盒裡啃食桑葉的沙沙沙，而桑葚黑紫時，挽了一鋁盆，鹽水洗過非常甜美，夜晚飛進屋裡金龜子的臭味；舊報紙與細竹籤糊成的風箏飛上天時，手中棉線被風拉直了的力道。

大熱天，摸到一尾斑斕的戴毛蟲，身軀立即瘋狂的泛起了紅疹。

還是大熱天清晨，屋簷滴著露水，田裡氤氳著白霧，搪瓷臉盆底數朵盛開的牡丹，祖母涮了一碗麵線要他食了，然後與兩位童伴組成一小縱隊上學，故意繞遠路，一路扶桑樹與金露花叢，與醬菜車錯身，終於拐上一條榕樹與刺竹合攏的蔭路，如此幽深湛涼。

熱天如此悠長，太陽下攪一碗泥巴樹葉自覺是仙人在煉丹，看見牆腳

一陣螞蟻興奮地抬著一隻蟬，跟蹤了一段後搶下，挖了一小坑葬了。最討厭的是西北雨後鑽出的水蛭，阿叔教他撒一把鹽，看他們痛苦扭曲著。

記起了入夜雨停了匆匆趕下坡的古老林中有肥壯如同神獸的鹿厲聲怪叫，樹林外一片草地一跛一跛的影子不知是人是鬼。記起了寒冷早上母親給他一碗冬至湯圓，白的雪白，紅的桃紅，母親說幾歲就得吃幾粒。為了讓雛雞保暖，牽了一葩電火球吊在竹籠裡，那微光令人歡喜。記起了某次旅遊途中小便，溫暖的尿液冒出好聞的咖啡香；父親頭七，警戒了一整晚，天將亮終於像毛筆在鼻頭一劃，嗅到了父親平日菸與汗混合的體味。也記起父親一剪刀剪下電視機上枯萎了的紫紅洋蘭的喀嚓。

蛙鳴沸騰，他看著螢火蟲的冷光。

十歲獨自坐了一上午的火車，睜大眼睛看窗外疾飛過去的景物，第一次了解自己一身是個座標，你去到那裡，便將世界帶到那裡，數小時後看見了祖父伸長脖子在開滿愛染桂的前驛等他，多麼幸福的時刻，回到

老家，看見祖母用剩飯泡水漿了曝日後的被單又硬又香。最小的阿姑帶他去親戚家好大的果園好似莽林摘一種氣味濃烈的南洋水果，果園燒著堆積的落葉與蟻窩，煙蓬蓬彷彿仙境，阿姑掰開來捧著一缽燦黃一口氣吃光，分他一口，讓那濃香薰得頭暈，多少年他一直在尋找那一味水果。

有颱風，下午開始颳風，不時的破空或劈啪響，牆圍邊厝邊衝天的芒果樹掉下芒果砸在雞棚，與阿姑兩人頂著風跑去撿拾，好快樂。阿姑還帶他去山裡找嫁到那裡的二姑，包袱裡是祖母做的衫褲，客運車吼喘爬著之字陡坡，隨時就要翻車滾下山了，爬上坡後一片紅土鳳梨田。有頑童丟了一條死蛇到日式宿舍槅門後的走道。次日回來，坐好久的客運車，車輪陷在田間爛泥。

記起了煙雲夏日，年輕的愛人手臂種痘的疤與蚊子叮出的腫包，伸手抹了口水再以指甲在其上按出了十字，窗邊招牌的燈管吱吱的響了整夜。

於是人記起了黃葉連雲倒映在擋風玻璃，後視鏡中紛紛都是車輪捲起

的明亮葉子，穩定得忘了時間的車速裡，往後仰，胸腔打開，沒有了自己的存在，忘了出發，沒有了目的地。

畫面跳接，人隨著另一人返鄉，一日夜的車程後，進入了平原，歇腳一堂兄弟的家，隔日驟陰天空大量的閃電，瞬間冰凍的珊瑚，耽誤他們其後的路程。

我想起多年前，我們相約而記錯了時間，互相空等，也是雲翳白天，天空閉上眼睛的瞌睡時刻，泥地有著清楚的腳印。掀翻一塊潮濕的石頭，土裡鑽著好肥而且激烈蠕動的蚯蚓；一隻煙囪若有所思吐著淡煙；人來過，短暫逗留，實線與虛線的交會，世界以即生即滅速度行進著。

人提醒了我，早上靜靜從露台進來屋裡的太陽，一隻浪蕩慣了想起來便回來看看的貓，到了中午，繞到後面露台跳進廚房，咂咂舌舔了每一件金屬器皿與水槽，舔得到處是口水。流理台上一把菜刀，光舌舔過，似乎發出了割傷的銳叫。

人說回去家鄉一趟，大概是最後一趟了。記憶與當下的交疊，鎮上筆直的唯一大街，雨水已經結束，暫時不會再有；天荒地老的太陽，白熾

熾的，街兩岸店面撐起了帆布篷，還是把人烘成像是一綑稻草。賣碗粿的赤腳如同象腿，推車滴著水，鉛桶裡的空磁碗咵啦咵啦，日頭也像蜜膩在透明塑膠布罩著一架子柴屐的豔麗油彩上。宮廟前有山裡來的捕了熊蟬在賣，一拍竹篋，齊一的蟬叫聲炸開了耳孔。

人螞蟻般走著，街尾的路邊曝著黑紫甘蔗皮，走過去，轟的飛起一朵蠖蠅烏雲。

再走便是省道，大葉桉樹上鎮著銀紙的草繩環過牠的脖子，吊掛著新死但完好如生的貓，好像是睡著而做著猙獰的夢。穿過葉縫的光點推了推貓身。

心智靜止在六、七歲的阿叔喙齒落一半了，瞇眼像瞎了，嘴開開，彷彿笑了。人以為阿叔還是像以前從卡其褲褲袋掏出摩擦了掉色毛邊的舊照片，上面是金髮豪乳只穿高跟鞋的裸女，嚅喃著「媠姑娘也」。夜晚阿叔會蹭眠床板像發情的貓哭叫，讓女眷聽了臉紅又忍不住掩嘴笑。扶桑圍籬前，轂轆的牛車停下，啪的牛後洩下一大坨屎，牛尾才輕快揚了揚。在下一次雨水結束之前，悾阿叔在晦暗的半暝發燒喉嚨痛，摸索到

竈腳，掀開水缸蓋，一顛跌到了再也不能起身。

那是家鄉讓人有所懸念的最後一位親人。

吐著細長蕊柱的扶桑花，花瓣的紅給太陽曬淡了，摘下吸了一口花托，清甘；蜜蜂數量是一年比一年少了。

因此，人決定了一間向陽而且通風的房子是如實述說的最後所在。

記得小時候芭樂樹高處枝椏墳起的蟻巢。

記憶是這樣開始，最後的一場雨水下完之前，濕潤的南風已經包抄了家鄉小鎮，黃昏剩下一點，厝頂代替了稜線壓制大街無聲無息，人看見了棺材店門口一隻貓咬著一隻鼠竄過，一路滴血。偎靠著牆壁的空棺，散發著誘人的木香，在初生的夜暗裡，那一口空棺如同深淵，祖父攬著他的肩不講免驚，而是講，升官發財。

後記

淺薄是最大的罪惡

這本小說據以為藍本的真人真事，放在我心上有若干年。而今寫成，唯一令我懸念，幾分不安的還是那一個老問題，自命擁有虛構特權的小說作者——真的嗎？誰賦予的？誰認證的？——我是否再次肆意入侵了他人生活或生命的神聖領域，遂行竊盜之實？

但我始終記得，在那些時間大河浩蕩無聲匆匆前行卻無與倫比的時刻，我作為傾聽者、旁觀者也是見證者，我滿心願意作為那回頭一望而成為鹽柱之人。記憶的鹽柱，爰以寫出。

據說古希伯來人行獻祭，所獻的動物切成兩半放在地上，立約的兩方得以從中間走過去。所以正確說法是，切一個約。

如同昔時盟誓，各執一半的信物。波赫士《神的手跡》一文，囚禁於半球體裡被一道圍牆分隔只得一半空間的巫師，自知要老死了，開始夢見地上有一粒沙子，每一夢便多一粒沙子，直到充滿監獄。有多少粒沙子，就做了多少夢。巫師可說是波赫士筆下另一個記憶力驚人的富內斯的變形，《強記者富內斯》一文有字如此：「我的夢就是你們的清醒時刻。」反之亦然吧。「我的記憶，先生，就像一個龐大的垃圾堆。」

他人的夢，他人的道路，當流年替換，銀河暗渡，便是我不能推卻的長路與亂夢。

古傳說更有所謂食夢貘的神獸，潛入人的夢境，食盡惡夢，人就清吉了。

我以為那是對小說作者的最大讚美。

沙粒之下，我要坦承的是，小說這虛構之屋，建築在我珍重且魂牽夢繫、或厭憎欲去之而後快、或懷念而悲傷、或仰慕而願追隨的種種，也就是一如黃金弦的真實與現實的地基。

雖是他人的道路，我們都是同代之人，殊途同歸。

對此書的這些人與事及其不可輕易言說的處境，在神聖與莊嚴蕩然的現在，我無法有「為了忘卻的記念」那樣的沉痛自噬，比較接近的是約翰伯格寫過的：「每一種愛都喜歡重複，因為它們違抗時間。」時間愈來愈快速的沖刷，當故事的屍身爛盡時，露出骨骸的真實，或是我深深期待的。

就像不久前，友人索書，因為盛夏確實過去了，我在扉頁戲謔改寫：「荷盡猶有擎雨蓋，來年可待」。

我確實喜歡這樣違抗時間的希望與光。

時間可憂不可畏，我謹記王爾德在牢獄中寫出的長信，那反覆的一句懺詞，作為警惕，「最大的罪惡是淺薄。」

最後，感激「印刻」在出版這麼艱難的時候，不離不棄。

文學叢書 423

INK PUBLISHING

某某人的夢

作　　者　林俊頴
總 編 輯　初安民
責任編輯　宋敏菁
美術編輯　林麗華
校　　對　林俊頴　宋敏菁

發 行 人　張書銘
出　　版　INK 印刻文學生活雜誌出版有限公司
新北市中和區中正路800號13樓之3
電話：02-22281626
傳真：02-22281598
e-mail：ink.book@msa.hinet.net
網　　址　舒讀網http：//www.sudu.cc

法律顧問　漢廷法律事務所
劉大正律師
總 代 理　成陽出版股份有限公司
電話：03-3589000（代表號）
傳真：03-3556521
郵政劃撥　19000691 成陽出版股份有限公司
印　　刷　海王印刷事業股份有限公司

港澳總經銷　泛華發行代理有限公司
地　　址　香港筲箕灣東旺道3號星島新聞集團大廈3樓
電　　話　(852) 2798 2220
傳　　真　(852) 2796 5471
網　　址　www.gccd.com.hk

出版日期　2014年10月　初版
ISBN　978-986-5823-97-9

定　價　220元

國家圖書館出版品預行編目資料

某某人的夢／林俊頴 著；
--初版,--新北市中和區：INK印刻文學,
2014. 10　面；14.8 × 21公分.（文學叢書；423）
ISBN　978-986-5823-97-9（平裝）
857.63　103018835